U0057600

AQUARIUS

AQUARIUS

AQUARIUS

每個人心中都有一座島嶼，

藉文字呼息而靜謐，

Island，我們心靈的岸。

無　言　歌

崔舜華

誌世間所有的孤獨者。

推薦序

劍與字

◎孫梓評

一日忽然意識到，塔羅牌我常抽到寶劍六（Six of Swords）。

一艘刺著六隻劍的小船，船上三人：一名撐長篙的船夫，乘客是披裹長袍的女性背影，她身旁偎靠著一個小孩。長袍，舢舨，小孩後腦勺，船夫衣與靴，俱是深淺不同的黃。船右側水紋波湧，船左側卻攤平如鏡。被劍們插入的船，如果能順利航行，或許，可以抵達有樹的岸。

讀《無言歌》，使我想起寶劍六。

這張牌不似寶劍三，一顆穿洞的心被血淋淋地張掛；也不似寶劍九，牌卡中女子無眠坐起，顯然被銳利的夢魘糾纏。屬於寶劍六的，是結束與出發。放棄與重獲。克服與改善。通過與更新。船右側，餘事仍持續湧動著波紋；船左側，願意許諾者，和平的未來是可及的。

一如《無言歌》中，那懷擁各色物質與形容與哀愁的敘事者，我們隨她穿越房間如同穿越愛情，抵達季節與愛人與經典的陰影，鍛鍊說法，以為獻祭。

種種精緻的痛與快。

她既是牌卡上長袍的背影，還未對我們展露正面的傷痕；也是需索保護的小孩，未識得水的兇惡，忻然信仰著可能。她當然亦是配有啟動能力的船夫，擺渡我們由此至彼——不消說，她還是那一條身體刻有小記號的舢舨，液狀情事，冷暖自知。

我不確定，船身上六把直立寶劍，是歷來種種傷害之隱喻，又或者其實是固定船的破洞之器？劍（Swords）包藏著字（words），我將它放在舌間輕舐。

自序

我在你不在的地方

◎崔舜華

我總感覺自己是注定飄盪的人，順著宿命的水蜿漂到這裡，遇見了某些人又不得不離開。我想要的很少，一間屋子，屋裡有我的貓和我的畫，還有一張桌子能讓人寫字，奇妙的是，對他人來說也許唾手可得之物，我卻拚命努力才能掙扎攫住一點點，像一個要掉下床崖的人努力抓住毯子的一小方角，才不致從夢裡驚醒過來。

我並不特別堅強，也不怎麼出奇地聰明，曾經漂亮過一段時期，那也是昨日黃花無根無依。從很小的時候，我就夢想著有一個人會現身在面前，他會伸出瘦削而強壯的手，向我說：我來救你。

事實上，很晚很晚地我才發覺，在這世界上最真實的道理是：任憑誰也救不了誰。尤其是像我這樣的人，我沒有屋子也沒有能回去的地方，除了自救，我別無他路。但也可能是天生軟弱的關係，可能我還冀望著那隻瘦長強壯的手哪一天還會伸向我，告訴我，要我跟他走。

從此一走，我必不需再流浪了。我實在厭倦透了流浪：從一個房間到另一個房間，從一張床到另一張床。我睏乏了，也膩透了，但我知道目前我所做到的遠遠不及我想要的。我在自己微小的努力的範疇裡失敗過好多次，跌倒了又踉踉蹌蹌地站起來，一次又一次，笑罵由人——那都是嘴裡說給誰瀟灑聽的，實際上自己難過得要命，喝了酒偷偷地哭了一晚又一晚，黑夜替我們保守一切的祕密，明天起來還是得做了個好人。

而我盡了最大的力氣所做的，無非是希望藉由我的字，陪伴某人空曠而荒蕪的心。擁有心是一件很辛苦的事情，那代表你得赴盡全力地去愛，去碰撞，去越過一堵好高好高的牆，去眺望你的心所要求的、渴望的未知的風光。

傷心的時候，我會把我貓阿醜抱在懷裡，軟綿綿香噴噴的小東西，牠看著我的眼神閃亮純淨，流溢著來自雲天更高處的悲憫。但我卻抱頭蹲坐在樂園之門前，翻遍口袋也找不著那把解鐐脫銬的鑰匙。

無計可施之下，於是我告訴我自己：你可以動身了，走得比你想得更遠更從容，去一個無人之處，那個比蜀道更難的地方，鬆開手大把大把地撒落幾千幾萬個字，讓它們像潔白的貝殼奢華地散布在寬闊的海灘上，一個連鳥群都無枝可棲的地方，那麼華麗而空曠，溫暖而荒涼。

當你聽見自己的心一片一片剝落粉碎的聲音，也許我已不在了，但那又怎麼樣呢？我們終究會遇見的，無論何時，無論何地，我寫著詩，就是為了這永無可能的相逢。

目錄

輯二 無傷歌

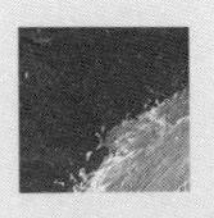

輯三 無言歌

附錄

輯一

無眠歌

一個人在秋天淹留所能記得的一些事

1

那個男人曾經如此形容——
「有一天，你會幸福快樂……」
我替他摺好成對的白襪子
替他熨平亞麻灰的秋衫

我讓他走
或者，代替他走
一段路，一條無可止盡的巷子
必定通過最窄仄的鬮弄方可抵達的童年之門
門裏我將和他一起遊戲
扮演無所事事的幽靈
不因任何人顯得歡喜

我想你。我說。並挨近他的左肩
他的牛仔夾克被顏料染紅
袖口長出貓型的玫瑰經
機巧頹靡

先入為主

無可奉告

2

上一次碰面的時候

他要了無糖分的冰綠茶

那彷彿下午四點鐘的淡漠與愉快

飽含未訴的語言的水汽

一切潮濕，溫潤，昏昏欲睡

我不再緬懷那些輝煌燦爛的時刻

那些吞金吐銀之人

所有破落而怯敗的名字我都喜歡

即使在十一月，深夜十一點

搭上一輛錯途的巴士

末班的，乘客寥寥

前程憂懼

3

許多的信再不願意擲寄了

一小枚烙著印戳的郵票是我心的碎角
畢竟我的心也是金子做的
關於年輕時那種
把自己像熟透的石榴
剖心割腹的愛情唉
也推卸給一些不可言說的緣故

譬如今年的空氣實在太糟了
雨量稀少
萬穀不生
譬如青春易逝
總總此類

4

五十歲生日前夕
我倏然意識到自己已經不能再任意地
在每一年的秋天
重新愛上一個戴著寬沿帽的男人

相反地，我為他繪製肖像
動用最昂貴的月夜調和奢華的錦繡藍——

晝太沉重，而我太衰弱

因此沿途一件一件地捨棄了

羊絨的大衣

夢的金舍利

完美的謊

5

一切彷如驟然沉眠的鳥群紛紛墜落

在我前往咖啡館的途上

喑啞的石頭

沉默的擁抱

火中片羽

尖銳的時光

雨水飄揚

6

我已經良久良久地睡過了

睡過綁著長髮的少年

睡過天鵝絨的床鋪

凌晨威士忌肆虐的人行道

並且我擁有意識：

將始終不易轍痕地勞苦致死

關於命運，我從無怨懟

超越語言和美麗洋裝的永恆之物

最最切近我原始的身體

神話般的肌膚

水滴攀蜒

我欲傾訴者

絕跡於西風的斷骨

7

此刻，你站在我面前

耀眼奪目

美好無端

像十月的太陽

像十月的海洋

8

我想往前進

以緊緊擁抱你

懷中，一座鎏金明月夜

在你的腳後密謀著柔軟的貓步

你走過的街道皆輕柔地顫抖

夜貓的尾尖誘引晚燈的影子

使其嚴峻地發夢

各擁風光

若無其事

我已將一切交付予太陽

我已決意將一切交付予太陽
不要在狂傲的白金的泥地上
寫健康的箴言，且不要
將裸體的麥子視作讖語
（他們將詆毀春天）

我不要看見任何一個名氏被豢養於貧窮的燕巢
懸吊在置身雨水之外那安逸而飢餓的屋簷一角

就讓我點最後一隻菸——或許是這失語的季節
至於我們視線所及，最末的一閃星輝
古典如大理岩的星雲旋轉。旋轉。旋轉。
當我鍾鍊意志與肌肉
攀行稻和夏芒的微弱的鉅力
好完整地剖掘我以原始的羊脂滴乳敲礫的心臟
我聽見衰老的鼓樂，爵士的河流輕盈放蕩
搖滾和藍調並吟著折舊的二十世紀寓言……

當我實踐獻祭的把戲

將一切交託予太陽，燃燒普羅的火種

警醒這碎骨遍布的夢幻大地

不要為我將散布重複的哀歌

（在無可憂慮的秋天）

且容你在我之內的之內安睡

在藏銀色的草堆仰面做那普照十方的夢

深夜，稠人滿座的機械群之中

我忘記自己是這麼善忘
在無知的白晝遺失可能的睡眠
藥錠無用
愛人無語
我獨身出走到機械林列的小店
它們的生命環繞我的
要我感覺所謂某一分真實的餘澤
賸餘九成
盡是虛假
塑料打造的肉肢
保尼龍割磨的心

別告知我對於現世一無所知
別告訴我天真和純潔的慾望
我摀住雙耳
從雨棚出逃

而你自囚室的高窗之外

遞來一記羽毛輕盈的吻
為此，我想像一整頭完整的藍鴿
揹負著愛和罪罰
飛越半傾的方舟
事物皆神聖——你如是告誡

沒有人真正理解，我有
多麼地多麼地渴想去信仰
一件關於永恆的應許
我渴望道路，索求那盡處
考驗那纖細而巨大的微物之神
祂以同樣的嚴酷回報我

談到這裏我已全然地詞窮
披上雪白麻織的衣料
迎接針尖和輸液
吞飲嶄新的一天

Do you think I'm just joking?

一切便如

大夢一場

任電露泡影

任電露泡影

你不會認真的——這一次

我攜配傾巢而出的武器

全神戒備

子彈上膛

只為了

以最慎重而神聖的方法

對抗你——好去陳述

我多麼多麼傾心於你

我有多神迷

就有其戰意

我是天生羽彩斑爛的鬥魚，孔雀，水母

注定孤寂
獨身百年

而這也並非那種
值得紀念並寫在日記裏的東西
我自擁其獨裁而溫膩的心
我有自由
來去如時光
霎眼一瞬

我知道這次你亦認真預備了——
殊死的戰鬥
見血的放肆
我僅將打磨至最銳澈的刃面
獻祭予你
以偈語的弦月
以不法的弦月

大眠

在荒草枯敗的夢土上
我醒來，有一個男人
對我說他早就不愛
並不愛我——我嘗試奪走屬於我的：
貓群，暖毯，雙人床被，枕頭和糖果
許多許多的糖果散落在車廂後座
我彷彿是被綁票了
又彷彿在慶祝
關於自由，一場音樂祭
在荒草枯折的夢境裏
我看見那個不愛我的男人走上舞臺
嘶著喉嚨唱著不知名的歌
觀眾為他鼓掌，有人喝倒采
我不懂那是甚麼意思
轉過街角又到了我應急租賃的小公寓
在一間路流繁鬧的街角的大廈的七樓
這是一個好數字
提醒我從頭來過

兩個女孩欲向我示好
因為我擁有很多很多的糖果
我慷慨地將糖果分贈她們
將貓們收進房間
除了我愛之物我甚麼都不要
我想待在房內
被毛茸茸的貓尾巴圈繞，盤點，就好像
我生來便屬於牠們
而牠們是自由的
自由是柔軟且抖著長鬍鬚的
一頭黑白貓
我將那摟進懷裏
一切從頭開始。

六月孤

我忍耐著——飢餓
相信荒旱與雨水
之間巨大的
巨大如光年的
行星間的差異

相信天氣
夜觀植株
我的葉低垂我的花含苞
萬物咬住自己
血裏滲出綠甜

我五月孤獨
六月孤獨
七月，我預估——
同樣地孤獨
密教般的信奉者
守候新秋

秋天還很遠，很遠
我快要捱不過這夏天
內部有甚麼在
斷裂——甚麼它
長出齒列
小小地
咬噬我

我的心肝空蕩我的腸胃緊張
一切還非常，非常遙遠
如果你八月孤獨
九月無非也是孤獨
哪有變動的道理

除非你捨棄
捨棄星宿，美麗的女子
小酒館的不寐的燈光
捨棄眼前——
六月之句

只是這是道理——

從六月便足以

覷出一生的端倪

在正午時占卜

用熱浪的銳角

對準喉嚨

將聲音割斃

七月靡

我所感受的一切——

土壤。根系。驕陽

將我每一根倨傲的骨

酥燉成腴軟的糜

我知道自己正

不由自主地

散播著某些信息——

勾人動涎的油臊白

蟬鳴如玉蟬鳴如脂

蠢蠢欲滴蠢蠢欲滴

那是降服的信號——

此城之內，對於我的敗壞

莫不俯首

暗自稱奇——

有這麼　天

竟有這麼一天

菸
是依舊一隻接一隻地抽
尼古丁是水是氧
酒是夏茶
此身既是泥沙
我必得長出些甚麼來
向七月交待

我擁有許多的不幸
最不幸的是
我仍舊渴求著幸福
拖著我所鍛鑄的
鷓鴣焦燎的銹鍊
奔跑起來——

奔跑起來
彷若我從未得知自由那般
漫無方向地衝撞
而七月知曉實情
它透澈且堅硬且漠漠

像一塊水晶
從岩礦裏
明白了獻祭的祕密

初夏的晚上

我們從外頭帶回一鍋粥
打算做晚飯
粥傾入黃銅把手的小鍋
是少女的肌膚
滑膩而冒著煙氣的五月的晚上

我寫下這些瑣事
僅僅是為了怕以後會一再想起
想起給你擺好了桌
燒一杓粥，配米與漿
粥很燙口，像一則難以吞嚥的預言
做為分離的前兆
而我是善於越獄的囚徒
我的心是薄涼的湯
一傾斜便流光

寫到這裏你也不會懂
那麼便去沖澡

擰乾了頭髮，我想要把它留下
留成黑色的水淌灑在你身上
每一次的進入都是溢出
那座淺黃蕾絲的檯燈你也不用了
像拮据的棄婦在房間的角落
自顧自地捻著裙襬低喃：
　你再也不要愛我了。
　你再也不要愛我了。

一切曾蒙寵幸之物最後都變成了繭隻
有甚麼從那內部咬破了表殼
遠遠地飛走不可以掉頭
最後我們打開了風扇
給彼此搧涼
擦去額面沁出的汗粒
誠懇地嘆息：
夏天來了。

房間

1

在薄荷蔓延時

抽一支菸

那麼愜意地

將盆栽全部

移出房間

於是感覺到

空曠

乾燥

安全無虞

窗子外落著

無計可施的雨

雨多麼盛大啊

全部的人幾乎一起歡暢地

慶祝了起來

我想到許多

許多被雨淋濕的貓貓
縮在違規暫停的車子底下
像許多冒號

疑問
暫且必須擱下
我拿出冷凍的餃子
上個星期親手包的
我親手
攪的肉餡
切碎的薑
剁裂的白菜絲
被麵粉含住

屋子裏暫且
沒有人餓著
我在房間裏播放連貫的純電音
貓剛喫過
鮪魚味的飼料
砂盆纔清理過
一切暫且無事

安寧

乾燥

安全無虞

2

一切暫且無事

另一個房間傳出

刀兵廝殺的聲響

每一副盔甲皆裝飾

著中古世紀的徽紋

虛擬的處女

在澡堂蹲踞著待命

你是英勇的騎士

身負重任

無畏地揮刀

斬首

戰鬥

戰鬥

戰鬥

四十吋寬的液晶螢幕
也落著同樣的大雨
十四世紀血管裏漫流的瘟疫
二十一世紀懨懨開著的玫瑰

我們必須戰鬥
我從社群網路上看見好多
呼籲的句子
那些文字蠕動著
浮出了筆電
鍵盤
各自安棲在
正確的位置

我始終無法確信
甚麼纔是正確的舉止？
譴責一顆剛抱回的高麗菜
沾著泥沙的
淋過雨的
杏綠色的

3

我的房間也是杏綠色的

那是某一任曾經也住過

這間屋子的女人

留下來的

記號

提醒你愛她

你必得愛她

因為她將房間的四壁全都抹滿了

釁釁的芥末的氣味

我在房間裏抽菸

嗆鼻得

流下眼淚

你愛過的女人都好好地

住在一個房間裏

我在房裏打字

寫一點詩

稍嫌擁擠

現在，房間裏有
我的洋裝，大約
一百件
你不太滿意的數量

襯衫和牛仔褲，約莫
二十多條吧
一個個塞滿衣料的袋子
堆在地上
快要嘔吐

這場大雨
估計是
不會停止了
潮濕一直要維持到
我們停止擁抱
為止

我們停止擁抱
房間深處傳來

吞嚥的聲響
咕嚕咕嚕地
反芻日子的身體
成為貓吐的毛球

炎日

1

那麼滾燙的土壤啊
腳底是金子熔化的泥漿

泥土裏
伸出小葉
午後五點又二十三分鐘

暑氣繚繞我的骨頭
竄進我渴語的胸肋

我的臀瓣
比手植的薄荷更豐滿了

誰人攀爬上我濕潤的胸房
我將允許他吮吸一個夢境

2

在夢裏有大雪

我又回到想念的北方

踩在往山丘的銀鑄的步道

踏斷幾根炭黑色的枯枝

太陽發出嘆息

整座山林

為之顫索

我的手裏有菸

腹內裝滿咖啡與楓糖

我一度富足

吞嚥整片蹤影註銷的雪稜

3

我兌換：赤松紅

攪拌一點明滅黃

再要索幾分柏子綠
形成圖畫

我想我是擅長的
將時間的顏彩
抹滿腮頰

瘋了一般地
我動用斑斕的隊伍
對峙窗外的炎日

4

也選擇媚態的色彩
貼在肉上

我的肌膚
開出枯花
在西曬的窗臺
等候來年的曇

等了很久

很久

直到月色敗壞

淫蕩地滴下腐水

將鑲鑽的魔咒

刺入耳肉的空洞

還有鼻翼

嵌珠一顆

午後萬物不舉的炙日下

全身的水沸騰起來

冒著泡沫

比灰燼

更燙手的

消滅方式

5

但我已不想再傷誰的心

就算——

就算這是無比嚴酷的
仲夏六月

七月和八月和九月
眼看就要乾死灰滅
我的小葉

我盡力——
補充水分
冰鎮許多、許多
難免之惡

鱷龜般巨大的熱浪
從海港
反噬陸地

它們爬行——
從港口
掃蕩城鎮

佩戴面具的行人們紛紛走避

任誰都懼怕啊
這一場
炎日的復讎

6

我掘開夢的雪塊
從深深的岩窟內
醒來

向外爬行——
攀索每一處
能夠握取的
堅硬的現實

現實如此牢固
巍不可催
使我幾乎忘記

身在溽暑
眾多事物
牢不可破

7

這就是了——

這恍若熔岩鐐鍊的

太陽的音樂性

我告誡自己：

身在炎日

不可輕忽

對路邊鍍金的野葛

不可隨意動心

我的窗臺還有

幼嫩的小葉

咬著自己等候

蜷裹著腹背

像忍耐一種

新綠色的偈

炎夏之禪

冥冥而定

夏至夏

我必聽聞某些人死去的消息
教我的心淌下傷悲的藍調
如果藍調是藍
那麼夏至意味著甚麼呢？
把臉埋在哭泣的毛肘之間的貓
在堆滿雜物的房間裏不安地睡去
我知道牠幼銳的掌爪造不了語言
而我剛剛才從某個特別傷心的夢境中醒來
但我必從誰將殺害我們的夢裏醒來
全身發燙，顫抖，意識搖晃
巍巍索索地起身，準備晚餐
清洗指尖，磨碎胡椒和骨頭
我不想再等待了
我必不再將等待任何穿著制服的陌生人
咚咚地敲響屋門
把鞋底的泥濘踩進新鋪的尼羅地毯
向我說明槍與鐵的道理——
若我握住子彈，我必指向自己

當你身為一個不好活亦不可活之人
唯一可做的只有在喝胡椒湯的時候
往夏至的夜晚舀一些扼心的毒
請所有與座的客人分享
若傷害是隨機的
痛苦也是隨機的
還有甚麼值得我們真正去相信？
詩人和老人向七月的夜空遁去
那裏無病無害無忮無求
而生者身在六月束手無策
眼睜睜地望著黯猩色的流星墜毀墜毀
墜毀在空洞的土層墜毀
在沸騰的冰河。
而這片海域我已經打鍛完成了
現在它是一塊生如夏葉的祖母綠
鑲嵌於最大面積的地表的一處眶窪
現在蓋婭乃抬起額頭四顧張盼了
巨大的光柱鎏娉，水色婀娜
而我必眼看著一切重新排列復潰散復再生
象聚攏，鹿奔馳，狐警醒
銅色的獅撐開了喉嚨
就要吞滅這一場夏至夏

畫室・之一

I。

現在我終於願意
接近那種紅
那種從短松的血露降落
在松鼠奔馳的仄徑間
成為雨的

我也願意，終於
置身於黃昏
反正那山永遠是磨石子色的
那至高的片面的平坦的小腹
所望見的風景
亦包含著某種錯誤

那犯了錯的人是茜色的
且轉動著玫瑰般的頭顱
向溪光致意

II。

我究竟是不是足夠好的那一種藍
像黃花柳經過了石頭的淘洗
透出一點點痛的面色

或者是，刮除了鱗甲之後
被天空攢臢下來的
逐步敗壞的灰

我感到羞恥，接近普魯士藍的
確有此類的憤慨
像塞尚的果實
被他握在手裏
泌出根莖的甜淚

以及筆——
從來不刺殺任何一隻螞蟻的
一枝好筆

III。

他分享他的祕密

像分享一株剛剛才咬出
新鮮的小苞的蘭花

我則分享我的——
故障的字詞
太乾燥的畫布
一些些鈍愚的刀

我願意分享我的，僅僅和我自己
一起抽一隻菸：
米粒般的濾嘴
大小，一片蛾翼
輕重
在掌上

IV。
在我們僅有的房間裏
亮起了兩只燈泡

被婦人臉色般的燈光
頑強地潑灑

故皮膚必須重新裝置
從紙箱裏，一件一件
拿出來，排列整齊

凌晨醒來，看見浴室地板上
菸蒂招呼著雜種的
鳥紛紛的啟示
快快行動，這就是半個藝術史

V。
畫妳的時候，我有一張椅子
足夠我把膝蓋屈起來，用小腿
盤裝春天新摘的豆苗

我沒有足夠長的手臂
僅能碰觸到
城市的微末

事物的觸感都像沙漠
踏在腳下，赤裸的，燙的
像一碗湯，口啣著石頭

被黑髮的處女烹煮

那個字怎麼唸法——？
草字頭的，含肉的
尖端容易抽搐的
且最最敏感的——？

VI。
新買的松節油
也用罄了

我將指尖伸進杯底
沾上餘末的一滴
舉起來嗅

依字面解釋：
滋味辛辣
謹守貞節

栗子遍野可拾
樹葉搖動慾望

那翠綠的清潔的淫水
使顏色柔軟
且溫馴可親

VII。
他們一下子全醒過來
這事讓我心傷

我怕黑
怕得出血
一反常態地
在暖洋洋的白晝
燉紅茶

一杓一杓的毛肚綠
從我的嘴裏湧出
晚一點的春天
充滿心計

我怕極了

怕墨水，鞋子，桌子
和簇新的剃度過的
一切的邊緣

喋喋不休地說著無趣的話
茶是凌晨五點十三分
貓的睡夢
虎的臉色

荒夢

我跋涉在無夢的荒地上
迢迢旱旱
無聲無光

而你也沒有任何新綠
可饋予我——一點水分
天降的粉蜜
來自仲夏

仲夏夜無夢
夢僅是荒原
我承襲了世間一切失夢者的傳統
潛伏進入闇夜的祕林
伺機獵捕——

一張噙著露鑽的蛛網
網住新月蒼白的面龐
披散它褪色的銀髮

使大霧頓起

暴雨如睡
你浮沉於睡蓮開闔的池塘
往下，往下，往下
我意圖抓住你的手臂
將你拖上罌粟盛放的彼岸

彼岸之花，無刺的夢毒
老提琴的無眠調
古生民望著月亮——
碩大，肥美，圓潤而膩軟

梔子白的蜜液淌流
引誘清醒的少年
身陷遐想

荒地，無端開出
一株滾著金緞邊的薄荷
鑲嵌粉紅珍珠的綠蔓絨
——柔軟的葉尖撩動我

黝黑濕潤的土壤安撫我
在夢之荒旱
大眼若醒

晨色

我竟又是
一夜無眠地坐著
目睹晨光漸漸放開
一套一套底披風
他脫下：喀什米爾毛呢蠶絲針織絮花棉
我眼見他掀開自己
袒露這個早晨之內
世界上最好的一顆心
我曾經全心相信
即使我從不坦承：
揹負著他前行，是多麼
困難而甜蜜的一趟跋涉
我渡越了一半的雪地
卻無能抵達春天的臨界
真實，與真實的龐雜面
深重地擊垮了我
為甚麼我總是感到與人之間的不可輕信？
是否我恐懼著親密

但同時要索著親近？
早晨正式來臨了，傾向正午
日光炙手卻不可得
我將清水淋在新生的葉子上
替它們的名字覆蓋新的名字
沒有甚麼比此刻更讓我真切地感到活著——
我呼吸，走路，喝水，卑微地生存
但生活是偉岸且光榮的
無論哪一種生活
皆值得受人所崇敬
我相信這一切
一如我曾相信他
看著他一件一件地拾起毛衣和襯衫
離開了我的房間
回到凌晨的臉色裏
枯坐天光。

輯二

無傷歌

Love Conversation

1

我們侈言：愛。

在70%素棉的軟舖上

枕著肩膀，眼也不抬地

各擁著一冊薄涼的螢幕、畫冊和手機

夜晚溫暖，源於多語的貓腹

一連好幾分鐘不厭倦地盯著牠

理毛，哈欠，拉長長的懶腰

從頸背到尾尖，曲線優美，難以厭倦

我對牠說：要記得，我多麼多麼愛妳，

小東西。輕慢地踩過朵卡萩的臉龐

臥踞於巴布・狄倫額面

一尊豐滿無畏的，初冬的諸神

2

這一年始終是如夢的，此夜亦同

我打定主意只描寫真實的事物。

即使我不斷搖盪於：真實的鏡面

映射出冬日那無政府主義式的
日光和雨——他再次保證
從散發海潮氣味的襯衫以及
被咖啡漬濡濕的菸蒂之間
誓言愛我
唯我獨有
如一行字跡潦草得無可指認的合約簽署
日復一日，備受釋義的情感

3

我已經獲得微小的進步
包括：成功地
向黃昏祛魔
雲的毛色黯淡
像摻多了水的烈酒
街聲在耳，驟減我喪犬般的憂慮
但沒有光的時候我感覺更好些
更接近所期盼的那種類型：
冷靜，絕望，淡漠而瘋狂
一再言愛卻
不識彼此名字的人群

時間的溝溪匯聚於此
纏繞受寒的腳踝

4

重複地諦聽拉赫曼尼諾夫
試圖記錄他所言所思
在矢車菊盛放的荒原上
撕下露水浸軟的筆記本
頁間的枯葉一再地飄落
地面，真實，無可名諱的三瓣葉形
色澤淒萎，傷感，較我欲煽動的詞彙更精緻的
素樸的愛——
在金陽流溢的路牆
被至福的光矢命中
且並不忝於承接

5

：昨天晚上，你菸頭的火星忘了捻熄
：那很危險。
：但你的購物預算會不會太高了些？
：我發誓，這個月再也不買任何的毯子或毛衣了。

：你真的需要那麼多書嗎？

：我觸摸得到它們——詞彙，紙張的塵埃，韻腳和雙義

：可觸碰的對象才是真實的嗎？

：你一天打好幾小時的電動，那又是真實的嗎？

：是的。那些怪物、獸群、結盟和叛變，全都是真的。

6

某些壞習慣你永遠戒不掉

舉例：潛入無人照看的僻巷

鐵絲網的瞳孔綻開無名的洛神

緋紅的頰瓣俯吻上地面

零落的晚風，熱油寫就的斑馬線

剛剛蒸散的雨的印記

宛若傷口。

你沿途掂量可供拔取的莖株

綠藤枝，金斑遍布的葛蔓

涸透骨骸的落葉，永遠不受命名約束的

永恆的生活

你拾起，摺進無人留意的長褲口袋

為了養花潤梗而喝乾一整瓶白色的威士忌

說不上好或不好
玻璃和清水彎折了事物的原貌
那前提是：倘若我們明白
太初如春，清晨時赧於脫口的思想
不經任何意圖地指向輕盈的星辰

7

喜歡引用這樣的句子，當夏卡爾說
「在我的內心世界裏，一切都是真實的，比我們
眼睛看見的世界更為真實。」
畢卡索寫過的信中，他結論道
「你所愛的一切可能都會遺失，但最終，
愛將以另一種方式返來。」
我盤膝於窗下，用梵谷畫作的手織毯
包裹一整座失眠的末世——
提琴、枝椏、瞪視虛空的女子、四肢扭曲的天使
夜晚和夜晚之間透露的破綻
縫隙之內的風景
雪中熟睡的醉漢

8

我看見——滿眼盡細節
來自車流中引擎低吟的D大調
防曬玻璃後的提琴手、許多臉孔流過——
丈夫、孩子、妻子、後座靜止的嬰兒椅，
廢棄鐵門前被遺忘的鞋櫃、茶桌、雙人沙發，
木與棉的無言歌。
曾經我們一起生活
擁抱，散步，做果凍般的夢
愛特伍、村上春樹、太宰治與卡爾維諾
從歪斜的三層櫃一路蜿蜒至桌腳
我掉落語言的溪谷
愉快地被打濕皮膚
使我生長新髮、子宮緊縮
彷彿意志獨立的胎位

偶爾，很早很早醒來
推開書本的石塊
將空蕩的冰箱抱入浴室仔細刷洗
像滌淨一個嶄新的嬰兒
冰層崩落的霜塊燙手

使我想起某一年曾在大雪裏
不停地不停地走，沿著公路
尋找藥房與暖氣，招牌閃爍著巨大的「MERCY」
止痛藥賜予我仁慈，滿懷感激地吞嚥
感覺世界睜開雙眼，被甜美的痙攣征服

9

我渴求光，同時飢餓於午夜的黑影
最後只好貪婪地把它們揉捏成坷塊
緊握在手心，冷卻了變成黑色的晶礦
發動微弱的磁場去攪動
混亂的時序
搖盪的意圖
遊行隊伍的盡頭，一名落單者
他欲傾訴一切，卻無意被言說
我認識他，當暴風雨搜括所有在世的姓氏
他的記號是藍
決不動心之色

10

我們互相推卸著啟動那座

宇宙機器的開關按鈕
土星環的碎屑釋出電液
割傷情人的耳朵
他說，他曾經說：
「我多麼眷戀你嬌小的耳廓。」
彼時我是他嘴角一滴融化的奶油
他一嚥而盡
沉著而動物性地用手指在紙巾上抹拭

11

再也不奢侈地戀愛了
那些無能為力的挫敗
像是，要燉甜一鍋剛採收的栗子醬
養育一株閉目冥想的洛神花
日常中重演的行程，爭執和散步
說服自己安全，勇敢，強壯

我將不再奢談
期盼你亦如此
教軟弱的貧戶擁有稀少的信徒
教他們分析憂傷滿布的童年

日出而作，日落而歸
煲一爐摻煮了茴香與嫩芹的肉湯
疲倦地挑食，藉以實踐
微小公允的家庭革命

12

日復一日，復一日
反覆地清理地毯、採集塵團、抖落菸灰
讓昨晚殘留的啤酒傾入排水孔——
但隔天！看！我無數次抹拭的床畔和枕隙
愛做過之後凝固的雜質
頑固地攀附於物體表面
逼近蜘蛛網的繁複肥大
籠罩於一切行動、思考、食慾

13

再一次，我俯身跪在地板上
膝骨感受汗與木摩擦的冰涼
我是疼痛的
如果你仍舊憑賴
愛的夢幻

無論如何無法擺脫的汙漬記號
多麼骯髒
近乎美好

14

向虛空築巢
活得像一隻年老的燕子
用羽毛乾疲的軀體
餵養永不饜足的心

而天空，是常雨常晴的
神祕緊閉的鳶藍之眼
那鏡映其中的
無人的巢穴
遠行的飛燕
飢涼的孤雛

15

倘若你應允，我可以
告訴你關於雨中飛行的一萬幕風景
譬如，第一滴意念之雲如何墜落於

一名獨行男子的右肩

而粉碎如菸燼，滅失在

恰於此一秒鐘我擦振而過的

第十四根羽毛的絨裏

就彷彿我吸收了並見證

渾圓燦爛的每一場創世紀

分離竟可以如此宏偉且善意

韶音的潮漲，流入我疲憊的喙尖

反覆啄取無名的種籽，尋覓

芍藥的殘根

擁抱木吉他的盲者

撥動晚霧的肌紋

他的愛人遠走他方

他的孤寂死在夢鄉

16

我已無再昡曬的餘事供人聽述

但有誰願意，給來一把單椅

我將奉獻記憶裏光美無匹的物景：

一頭蜷踞鐵屋簷下避雨的鷹

喙面鍛金，輕擊如磬

彎下強壯的頸項
埋入濕潤而寬闊的羽背
矜持而謙卑地
梳理著自己——

——而雨聲淋漓
牠睜開冥王色的眼睛
瞬霎間，轉念引火
熊熊燃毀四分之一個千禧的修行

17

向瞽者致敬——為了路過
半牆銅皮戍守的廢棄的公園
墟地中盛放的菩提樹
挺拔，容忍，不假他求
柔軟的葉緣溶入夜色
拆解邊界的邊界
無境之境

你可以平靜
但偉大

但熾豔輕盈
如無譜的和音
如無歌的愛意

生活規畫

我的生活大概沒有甚麼
沒有甚麼可以學習的了

也不會再強壯起來
像以前那樣
受傷的時候
燉一鍋米湯

星期五的凌晨
兩點二十八分
在獨居的房間裏
兀自打扮了起來

龜綠色的背心束腹
鴿卵灰的格紋長褲
莓果紅的短罩衫

從窗子的縫隙看出去

對面的人們已經睡了

我知道他們——兩男一女
——男的是父親和兒子
父親總是穿著白色薄汗衫
蹺著腿坐在沙發上
看電視

他們家有一整片的落地窗
擺著一盆一盆豔面的夏花

窗子非常明淨
我常常夢見的那種
一塵不染
接近錯覺

陽光普照的日子
向對面看起，感覺
只要傾身，往前邁步
便可以進入那屋子
成為母親

母親既不瘦也
不胖
常常穿著T恤
背影看起來
傾向單色

鄰人的事情說得太多了
有點煩心

畢竟
這家人想必充滿信心地
坐擁著一套豐富而充實的
生活規畫

又過了八分鐘
我依然坐在凳子上
一籌莫展

房間內的唯一一把凳子
摺疊起來

可以不存在

兩張桌子分別
平整地斬去肢足
向下，融入地板

另一張餐椅
象牙色的
我坐在上面畫畫
雜色的汙點斑斑歷歷

它並不屬於我
教人有幾分頭疼

貓收起柔軟的雙手
蜷臥在用麻繩綁好的
一整疊畫布上
氣定神閒地
睡了過去

說到畫

我感覺自己總是搞砸
即使昨天才送來了一箱
嶄新的畫材

我愉快地拆箱點數：
顏料調色簿，一冊
光滑的畫筆，五枝
老人牌亞麻籽油，四瓶
相同尺寸的仿麻畫布，十張

數字讓我振奮
感覺似乎可以
重新開始某些甚麼
我不太熟悉的事物

我不懂的東西卻教我高興——
一座全然陌生的城市
一名全然陌生的愛人
燈紅酒綠
過馬路時搭著肩
停下來親吻

或者我不過是需要一個
非常非常難懂的名字
發音與寫法都極其偏僻
導致我不再被任何人翻譯

那麼，要取好這樣的名字
我必須拆解許多物件
偏旁，音節，筆畫
乃至於意義

意義
注定了遠遠遠遠地
要小於無意義

尤其是現在
當我們走路時
偶然
與意義擦身而過

意義走路的方式

看上去有些搖擺
枯瘦，營養不良

我曾經一度熱烈地
從背後緊抱住他
執著得彷彿
像要是愛情

我也曾一度
發狂似地尋找
掏遍了這世界上
每一把抽屜
每一隻口袋
每一片胸膛

甚至將貓
上下顛倒地
摟抱在懷裏
光著腳在室內大聲踏步
繞行三圈半

貓掌軟而冰涼
抵住你的下顎

她說：要不就
給我一個有水草的夢
夢裏你也是魚
透明的晶色尾鰭
游進我水波蕩漾的毛皮

你是塵埃
她便是風
將你揚起
擁在胸心

你感覺幸福——
幸福極了
於是起身離開房間
打算照顧新養的植栽

到了這邊
名字更多了

你先給一盆虎尾蘭飲水
她娉婷地仰起脖頸
要比你來得更綠幾寸

撒幾匙咖啡渣粉
混著柔軟蜷曲的茶葉苗
在黃金葛和左手香之間
粉紅藤心蔓舒展開來，像一杯
瞌睡了整晚的櫻葉酒

因為遇見了你
所以微笑著甦醒過來
事物依舊有其教人動心的時刻——
熟睡著的貓貓偶爾分心伸起懶腰
打了很久的字而停頓下來
燒上新的一日的第一隻菸
素昧平生的人們親手遞來禮物
裝在紙袋裏，因為淋到了雨，顯得狼狽而真誠
收拾完晾好的衣服，分類摺疊後得到的
一杯清涼而乾淨的水

所以——

我微笑著甦醒過來

因為我知道

接著將遇見你——

這就是

我唯一採取的情節

簡潔無匹的

生活規畫

用一隻菸

用一隻菸換一張凋朽的椅子
用一隻菸換一發沉寂的子彈
用一隻菸換一場盛世的暴雨
用一隻菸換一只吻過的酒杯

用我的好夢換你遺失的名字
用我的名字換你午夜的鑰匙
用我的鑰匙換你萌發的眼淚
用我的眼淚換你途經的城市

用一間空盪的房換一隻菸
用一灘熱鬧的血換一隻菸
用一個無人的夜換一隻菸
用一座負傷的城換一隻菸

用一隻菸燃燒一地破裂的時間
用一隻菸消弭一管憤怒的槍眼
用一隻菸安慰一名哭泣的少年
用一隻菸埋葬一場時代的大雪

你的懷抱是雪地

1

你的懷抱是雪地
我在那裏面顫抖

垠垠白木
鳥隻吟唱

我想那是一夜就
白了頭的鷹

你總是說：過來。
我便順從——

我從大雪中醒來
舉目茫茫

大雪的遠方
有一棵樹

是瘦松或冷柏
我向前
趨近

炭色的樹枝
結著繁複的霜花
累累

我貼近樹軀
聽見你——
在那裏面——

你的脈搏
震落三月的冰雹

而我不是故意
故意這麼親密
這麼親暱地

從雪洞的深處

喚醒我的愛人

貓都圍繞過來
齊聲合鳴

橘白花的小提琴
琴聲如此溫暖

幾乎就要擦逼出
太初之火

2

重複播放著一首探戈
在午光初進的房間裏

抽著鵝絨色的細雪茄
雪茄的盒子上寫著：THIS

——就是此刻
難道你不覺得？

你正睡著，在另一處
我尚未探勘的荒花之地

漸漸生長起的綠蔓絨
覆蓋你怕冷的腳心

就是此刻了——
我竟湧起一股
私奔的懷舊情緒

這麼古老的告白方式
約定在月夜
山巒靜默

這一首歌還未竟
我等它唱完
要過一百年

3

要過一整個世紀
你才露臉

你現身了

遍山野石

觸手為金

你想著：我們的房子

我們永遠不會出生的

一大群孩子

熱熱鬧鬧

摘著罌粟的種籽

裝了一大籃

燉湯喝——

或者——

販給遠道來訪的販子——

我們富有

在肌膚與肌膚的定義下

坐擁千金

我穿著櫻花花瓣編織的洋裝
飲了酒
坐在樹下
醺醺地笑

覺得自己美麗
乾淨
不可一世

你只是走過來
坐在我旁邊
肩膀挨著肩膀

看著
我們不存在的子嗣
他們大聲嬉戲
在雪花綴織的草原上
玩起摔角

我感覺睏了
靠著你的肩頭

手肘繞著膝蓋

貓在裙底睡著
一個夢受孕

4
誰睜開琥珀藍的眼睛
讓整座天空驚跳而起

貓踩上鍵盤
跳著小舞，且說：
Mmmmmhmmm

我握取那密碼
用來解
你和我之間
時差的鎖

我總是早早晚晚地醒來
睜開眼問：喫過了沒？
你以及貓？

醒來時我總是身在
另一個國度
無雪而荒旱

讓我極想躲進
躲進你手臂裏的白色
棉織，柔軟，冰涼

你從不問我屬於甚麼
我屬於誰

我傾向你
這就足夠說明

今早的薄荷
蜷匿著一縷夏香

凌晨睡前
淡淡曳曳的吻

你給我的王冠

你給我的王冠
我嵌在石頭裏了
你給我的夢境
我放進身體裏了
你忘在我房間裏的房間
我裹成冬日裏隱隱發光的繭了
破繭而出的鳥
我收攏在手心了

你掉過的眼淚
我摻進烈酒裏了
你說過的好話
我喝進喉嚨裏了
你途經的旅行外的旅行
我織成再也不會重演的夢了
夢中盛開的花
我裁剪為不動的畫了

他們都忘記了
他們都掉落了
你擁抱過的貓貓
你跛過的長階梯
你緬懷過的歌手都死去了
你沉睡過的枕被也晾乾了

我不會哭泣了
不述說悲傷了
我一定是在路的哪裏
把角度走偏了
才來到此處
無盡頭的荒原
無日光的闇夜
才撞見一叢亂草間
那一窩杜鵑
春色無邊
像誰唱過的哀歌
像誰抹去的血痕

我能感覺你踏上舊日的岩層

我早早向你解釋——我有感應
你站在穿衣鏡前
脖頸赤裸，渴求毛織
我揀起一雙滾落地面的藍襪球
錯覺之中它多麼像是
一枚海水沖刷的水母卵
等待雛菊孵化的前兆

你套上海色的毛裏
拾起舊損的藍帽的沿緣——
隨公路散步
吮著滴落蜜露的梅果
此刻，你自給自足
不假外求——風吹斜你的帽子
多麼像夢——遮住半臉情志
不動聲亦
不動色

某人生來多情
多愁且善走
你跟隨他徒步三千里
在沙漠的中央抵達愛情的綠洲
你終究開了口：還有多遠？還要多久？
世界近了。他說——
你便足足重生三回

第三次，你降生為被選中的子嗣
唯獨乾草堆中的愛教你成人
長大並不困難——僅僅需要忍耐
在威士忌和蘭姆酒之間
你選擇一道光線
一壺咖啡
一個人

你選擇孤身
與地脈獨處
碧璽青的冰層舉世流徙，規模龐鉅
在你胸臆
如火如荼

更好的事情

我總是冀望更好的事來臨
更好的天氣，玉色的左手香
更精緻的洋裝吻上更光潤的肌膚
我總是冀望更好的事物來臨
譬如絲綢，波斯或義大利
讓經歷曝曬的豔布緊緊裹住我
衰敗的日弛的身體
我冀望著更好的事情——
一點消息，來自我聞所未聞的國度
一面漆成冰雪色的牆，牆上生滿了粉紅的葛蔓
一段滑溜著口哨的曲子，嘴唇屬於巧妙的吹笛人
我總是冀望著更好的
更好的事情和我的病
為了追逐陽光，我不停搬動豢養的植物
轉動我無窗的陰影長棲的床頭
貓也不願意靠近了
我的呼吸遞送著腐敗的信息
就像這個宇宙正在不停萎縮不停萎縮不停

墮落，就像我

也自甘為一名帶罪者

畢生累犯的罪孽

和長年無醫的病

可以燉作一大鍋雜燴粥了

撒一撮白胡椒，幾片甘草

將噩夢饋予的靈感，搗碎

搗碎那些好心的建議就要毀掉我自己

總之這鍋粥燉得恰好

湯水閃爍著錦緞的光澤

抿在嘴裏像絲

吞進喉嚨裏便可

以織成

一首華美的曜曜的歌

感動某個編著辮子的少女

讓她不知所以地哭泣

且就要被黃昏的雲神擄走

我竟也愛你到秋天

晏起，如同往常地
抬舉著痠疼的骨頭離開夜
離開房間，然後離開你
今日氣溫，攝氏22.5
養的黃金葛也更淡了頭髮
百果芋照常，挺挺如綠
三月五月七月
想不到我竟也愛你到秋天
每天如常地煮一碗麵
熱呼呼地端在床上喫
從地上的棉被堆裏揀衣服穿
——你偏好碎花
我富有洋裝
我們一起富有的
還有四隻貓，一張讀書的桌子，牆上的畫
大多是我畫的，貓路過時頭也不抬
就懂得來撒嬌，討點肉喫
千萬不能讓貓碰到龜背芋——還記得

上一次小虎斑貪喫
嚼了小半片葉子
我幾乎要哭出來地拖她去急診
事後也沒甚麼，不過是我的
左手和右手臂
分別添了一些貓爪痕——

這大概是我們之間最大的事故
別的也不說了
你諳於熟睡
我傾向疲倦
兩個人在被窩裏疊著腿說些話的時候
我想我竟也愛你到了秋天。

來自披風衣的匿名者的投書・之一

在夜裏，我揹上指控的罪名
夢是鐐銬，將我綑緊
甚麼時候才輪到我接受審判
我已然迫不及待
去擁抱一項事實——
至少有一件事情
可以被握在手裏
沉甸甸地，冰涼而骯髒
像剛從岩石裏被奪去處女的礦晶

他們如何看穿的？
我沒有透漏一絲一毫的話頭
更遑論那些流過腦海的
不堪言說的念頭——
譬如身為一名國王
我可以用天鵝絨的巨枕
趁著她熟睡之際
熄滅女人的臉孔

所有的乳房都教我感到憎惡
但我是如此渴望擁抱它們
像擁抱剛被分娩的羊雛
雪白瘦小，一切恍若抽象
不言自明的形而上
但他們怎麼能因為我渴望且抗拒著撫摸
一隻羔羊而控訴我？
除非我的夢也被全面地監控

在那裏我胡鬧了一場
撕扯著絲質洋裝撇亂了髮辮
跺著腳嚎啕著要求
珍珠項鍊
草地野餐
親情和愛

暫時我先將筆停住
我感覺恐怖
而感覺恐怖必然是不可寬囿的
在這片自由的荒地上

誰開出赤色的罌粟

誰就得飲春天的毒

來自披風衣的匿名者的投書・之二

下雨的時候我總是穿上風衣
那件黑色的，內袋滾著鑲邊的
好容納我竊取的鈕釦
大多時候我不稱那為失物
而是詞彙——兩者有甚麼分別？
我也解釋不明白

但我知道
我的心被挖走了
無聲影的盜賊
在一夜之間，熟睡之際
我就沒有心了

奇怪的是，翌日醒來
我摀著乾癟如鴿子頸的胸口
竟感覺輕快且愉悅
眾人啊——我要訴說的是
擁有心是一件

無比沉重的事

如今，我可以自由地穿梭在
背叛與被背叛之間
一點也不過度地傷感
適可而止，有時候哭
那眼淚也是透明的透明的
不像有心的人
他們流淚
他們流血

疫日

1

這又是一個很好的早晨——

嶄新的菸盒剛剛拆啟

吮在指間

像一些吻

在房間裏，咖啡杯滴下低音

驚動貓咪初夏的貓咪

我幻覺自己強壯，安寧

疫病不侵

我愛的人還在夢裏跋涉

從星期二到星期日遠遠地走過

一大段時光的荒地

我在那裏將土壤掘鬆

打算種薄荷

事實上也真的種了

一小盆，迎著東方，大概地

睜開眼睛，吸收波浪篷篩落的

波浪狀的日光

2

早上七點睜開眼睛
和自己商量過了
決意要醒來，洗衣，擦地
塗櫻草色的蔻丹
替貓添水與食物
看牠們喫，像小孩

而時間是可以被咀嚼的嗎？
星期一的早晨
嘗起來是亞麻籽
古老的鹹味滲入口腔
我想起我的牙還沒好
該找一天去看牙醫
等他不怕我了

3

或者是我應該感到懼怕
與我一樣

蒙著面罩與眼鏡的陌生人

我配戴著寬大的墨鏡，向外覷去

城市於焉是一幅淡墨色的水景

萬物皆暴雨

打在我身上打在我身上打在我身上

難怪那麼疼那麼清醒

那麼燙那麼燙

4

我們對一切報以疑懼

卻對自己滿懷信心

此即疫日，告示我們何為渺小

而恐怖即巨大

蒙面的群眾踏花了地板

素著半張自由主義的臉

另外半張臉屬於溫柔的自主醫療

我也上網訂製了許多臉孔

限量版的漸層馬卡龍和普羅旺斯薰衣草

妝點鼻口彷彿全世界只賸下一對眼睛

杏仁色的瞳孔

凝聚光熱

在夏天

5

而我們從來沒有這麼逼近節制

疫日高懸

而我們從未如此溫熱地嗅探著自己的內裏

恍若愛情

6

我截肢了大部分的睡眠

僅留下身體——

軀幹，臟腑，必要的容器

我削減：夜

緊接著黏貼白晝

一場剪紙般的拼貼遊戲

大把大把的鐘頭供我揮霍

專注於新植的薄荷草

青椒，哈密瓜，番茄

植栽如殺戮——
我捻殺偷食的蟻蟲
查看水分的供給
撐著失眠的眼瞼檢視
陽光的分配
好像我真的可以
獨自創造些甚麼……

7
愈簡單的事物
我愈緊緊摟在胸臆
譬如：失眠後的第一杯黑咖啡
用Seven Stars 7迎來初夏白花花的晝午
獨坐在公園
懷抱著祕密

散步的人經過我
趕路的人經過我
無事的人經過我
半臉的人經過我

8

那些我辨不得名字的植物

伸長了指節，骨頭裏開出細花

花串彎起指甲

搔動舊夜之月

我盤起膝蓋

不動聲色

菸彷彿禪

後來決定去

洗一把頭髮

回家

貓乜著梔子黃的細眼

好好等我

容我獻祭我最虛構的誠實

別人愛你，你要誠實
——孫梓評〈法蘭克學派〉

你叫我，從此洗心革面
做一名澈骨的寫實者
我端詳桌上的玻璃杯——
清澈，冰涼，顏彩繽紛
沁凝的漏水旋繞著杯身的軸心——
猶如春日早晨的薄脆的晨光

而這就是
你所期盼的一切了嗎？
關於一隻玻璃杯的哀愁欲死
形體，及形體之內的微生的宇宙
無數星系正當爆裂

隨著每一角冰山的破亡
我能感覺

我有所感覺——這世界
被睿智而巨大的意志所賦贈的
虛妄和真實
美好和敗壞

我啟動開關
我發動驅力
善良即墮落
黑暗即破曉

難題

為了我們之間的難題
我搭上一列火車
挾上小牛皮的行李箱
向海灘駛去
揀一顆貝殼

這一趟裝扮成十八世紀初的旅程
整場跋涉便揀了一顆貝殼——
百合顏色的，像我親手
親手摘取的一瓣聲音

許多語言撲向我
巴洛克晚期的海岸
黃昏裏哼起巴赫的大鍵琴
神隱隱約約

因為獨自走了一整道的海岸線
腳踝開始痠痛

我脫掉蕾絲飾邊的細帶涼鞋
一萬株百合花
在我的腳趾間生長

彷彿解決了這項難題
又彷彿並沒有
任何答案
我想起巴赫
神聖的捲髮，純金打鑄的鈕扣
一直攀爬到喉結裏的縐褶

音樂的藤蔓纏住我
寸步難行
我快要趕不及那班回程的火車了
我的行李箱在等我
我的細帶涼鞋在等我
箱子裏有早上切好的蘋果
它們就這樣併肩坐在月臺上

多麼好的一幅靜物畫
蘋果在箱子裏光輝閃爍

淌出夜晚的蜜液
我永遠也抵達不到的
後來的那種印象派

終究還是十九世紀拯救了我
在空蕩的火車月臺上
我咬著蘋果
感覺自己光滑、圓滿
迎刃而解

痛苦之章

1

我的血流乾了
我的身體裏
有蟲子在爬

牠們咬我
以我做為
這些小小的老饕們
久違的一道飧宴

我能感覺到血管的
乾涸，在我裏面
已經，早成一條
無理由的河道

河床上滿布著尖銳的岩石
粗礪的砂珠
在我的神經之間

娑娑地滾動

將我的思想
磨蝕出許多的
空洞，刺穿一切
偶然的誕妄
誕妄的樂觀

2

分娩是樂觀的
在思想裏
應該

我應該要組織一隻軍隊
免疫力的
益生的
增肌補腦的

讓它們代替我
在我之內
淋漓地戰鬥

戰鬥無非是
疼痛的
當生活的劍梢
牴刺我
懦弱的胸

因為太過於激烈了
肋骨變成石柱
剔除了肌肉
聳立在巨大
巨大的沙漠
成為奇觀

3

自從身為某種奇觀以後
我以意料不到的方式
被觀看著

每一分每一秒鐘
我蜷縮在自己的深處

尋找藏匿的洞窟

人們想參與我
他們亟欲
從我與我之間
慢慢地散著步穿過
骨的景觀

最好在骨頭旁邊
坐下來野餐
鋪一張猩紅色的尼泊爾毯
不疾不徐地陳列
蘋果，草莓，櫻桃，番茄

多麼溫和且日常的風景畫——
五月的陽光從紫色的雲絮
彎身而下
金銅色的手指觸摸孩子的臉龐
軟而且燙

4

地底下
蟲子們活動著
吮食我僅賸的
理智的樂章

那是貝多芬的《月光》——
即使蜷身於
暗無倒影的
地洞的深處
我仍能聽見——

每一組彈奏
顫動的和弦，滲透
溫潤著我
凋亡的心

孤獨
竟也能是
甜美逼人
像金子做的糖蜜

吸引夢境的蟻群

我重新尋獲了孤獨
故我不再孤獨
在平等的公正的月光下
我重新學習
徹底的沐浴
抛光僅存的
兩三寸肌膚，幾截肘骨，殘存的肺
將自己
鍛鍊為鋼

並不再苟同於
這個世界上
任何一場
肉身的痛感
官能的敗壞

5

我可以
重新站起來

倚靠著肉眼幾乎無法分辨的
一小段腳踝

神話的腳踝
意味軟弱
軟弱的勇士
偏好悲劇

我盡力地蒐集自己的影子
被丟棄在這裏與那裏的
名字的名字

片段，停頓，空白。
我涉入森林
摘取最強韌的一片蕨
捲起一隻菸，抽上

火呢，是隨處可得的
隨便兩塊石頭
都能打出星星來

避免災難
是一種美德

烈日的蟲虫張開獠牙
咬住我殘缺的肢體

這就是結局了嗎？
我燒起來

竟然卻還
感覺痛快

瘋狂的城鎮

我擁有的都是僥倖啊，我失去的都是人生
——張懸〈關於我愛你〉

你唯一窺外的窗並不在地圖上的任一點上
你藏匿鹿屍的小屋亦非世上任何一場雨水
足以潤濕的獵者的獸徑

房間裏有一千張鏡子
全數頭重腳輕地反懸起來
映照出鋪床的女僕纖細的腰身
針鉤地毯上，大雪之內枝鱗暗匿
沙漏的膠捲重複播映病院的紀錄片
無聲的字幕照亮你的額前葉
今晚，那是你唯一可仰靠的星象

你無法同時懊喪與行軍
我生長的海邊的小鎮正面臨荒年
裸體的珊瑚和魚翼的青筋張狂地袒露岸邊

黑辮的嬉皮搭起漂流木的營火
崇拜並窺探月亮：一枚青障的獨目
如永恆凝視著我們的母親的瞳孔

永恆的字母猜謎和無止盡的野餐
人們都走光了，將西裝禮貌地藏進客房
宿命的探險家即將動身
神將被妊娠，綹瘑的身軀像解凍的鮭魚
祂發出幼鷹的啼哭，驚懾了正替烤肉翻面的男人
在夏日的林間，遺失時間的情慾

此刻，一條精神的鏈鎖
正牢牢綑綁著我扁平的腹部
我仰賴它，像仰賴我所生產的躁鬱和囈語
我明白你要的不多，對我來說也不算甚麼
但我是天降的獵手，是柔軟肥沃的野兔
我是洪水，也是荒地
我是暴雨，也是微風

你是否曾認真聽我談過童年？——
我在一座衣不蔽體的小鎮長大

村屋個個光裸著腹腿
日以繼夜地啜著自釀的私酒
（火車，軌道，港邊棄船的哀鳴
迢迢地征服田畝中的勞動防線）
凌晨，我的祖母從上鎖的舊衣櫃內搖晃著意識的機器
雨下了一整日，我蹲在後院
蹬著一雙斷了半邊繫繩的塑料拖鞋
埋首於里爾克與赫拉巴爾
涼鞋上逼真細緻地描畫著中國的金緞牡丹
教我不得不從廢料廠與林蔭道之中
輕微地分神乜視那性感的庸常景象

我瘦骨嶙峋，心智蒼老，但意志堅貞
瞞騙著螞蟻般的眾人，懷抱巨大的啟示且佯裝無事
做家務，喫摻砂的米，佐以彼此醃製的瘋狂
清晨，父親抬起鐵製的水盆
徒手扭斷雞頸
盆裏注滿太陽咳嗽的鮮血

畫室・之二

VIII。

是不是應該各自赴死

隨光度全暗去

像顏料一樣地，兀自乾涸

五月的石礫之屋

那域——有其界限

以榆為領土，菊為曆法

另一部分，像杜鵑

從最靜的脈搏裏盛放

IX。

所有的思想皆遭蠹蛀

我有一道瓦牆

紅的。乾燥的。且已知。

我有一項意圖

在畫布的未來的星辰之間
描取最細的塵埃
凌晨四時，二十七分

我也願意撈掏
感覺的石塊——
清潔腸道與腦褶
淺而柔嫩的幼犬的掌趾

那帶給我希望——
迎接六月，以及告知你
一切——透過蜂的傳遞系統

我即將變得消瘦，況且固執
更不如一雙鐵筷
去要挾你的嘴唇

X。
春天已逼近了尾聲。

不如我們就各自死去

在我髮間無柱的廢墟

石子烹得太熟
女牆亦有焦灼的影子

代我向鏡子問示——世界上
所有水銀的灰燼的映象的映象
裸體外的裸體
骨中之骨

完整地逼迫——打破——顛覆
你已半身浸泡於水髓
忘卻事物割人的本色

XI 。
我想用大把的銀描繪你
彷彿我是世紀的初王
都城因你開啟
默兵擅入

迎來一筆

閃電的意思

我可以大片地

揮霍，鎔金如土

去種樹

去揀果子

淺嘗包裹著珍珠的

最細小的秋栗

邊叫邊焚起

這一屋子黑火

你在其中

你贈我

一千頃雪松

一萬畝金箔

去祭奠，去跳舞

去快樂。

貧血的王城裏我微屈背脊

坐擁你

藕色的

柔軟的

***XII*。**

妳要有好的日子可過
像桃子毛茸茸的肌膚
湊合成的
粉紅濕潤的營養

那種介於春雨和暴梅
之間的生活
已經過慣了
太熟悉了——玻璃瓶子，陶殼花盆
瓷的刀，水晶的鈴

妳倚在畫框內休息，暫時地
不發一語，想著黑咖啡，萊姆和菸

妳要有夠多顏色護身——
夾竹桃的白，松毬果的金
但也都不會是妳的——
妳的神是青鐵色的

妳的祈禱是祂座下一把

朱紅的凶籤

***XIII*。**

除了真實的腔器

我不知道自己究竟還有

其他更好的題材嗎？

作為最恰當的凶器

沒有甚麼比得上秋天

你想想里爾克

和他的林蔭大道

緊接著盛熟而爛的夏天

一小灘碎金的樹影

躺在地上，像湖

沒有甚麼，比我體內流洩的穢血

更適合代替畫的語言……

整整一個禮拜不能提筆

不能寫信，微量地喝酒

在路邊，旁若無人

表達一份嘔吐物的宣言

我察覺身體裏充滿了灰
雛鳥初羽般
細小的
搔癢的
心神不寧

眼淚滴在畫紙上

也許我不應該再想了
這首詩也不應該題獻予你
三月五月七月
你的傷瘢還滲著向日葵的血嗎？
你的孤寂曾經那麼
那麼巨大——沉重得教我
想著自己再也不能夠前進一步
我的一生啊
只不過是
揹負著無數寂寞的蝸牛的寂寞的蝸牛
緩慢，笨拙，無所適從
在光天之下愣在街口
因為看到了熟悉的咖啡廳嗎？
因為想起你曾經在那裏的露天座位上
畫畫——用你的肌膚，骨頭
擰出各種型態的墨水——
鳶尾紅和星夜紫
你流動而堅硬

冰冷而溫暖
當我為你扣上羊呢大衣的領釦
一切皆悉注定好了
我必定，必定要涉過這道深谷
並非為了抵達
而是為了遠離
遠離你的身旁——在你身旁
即使我們分食同一塊甜餅
我仍舊從不感受到濃膩的親密
我想要的，你能給的，太不公平了
這一切真的太不對勁
就像我曾經徹夜未眠地
吞了一顆安眠藥
搭上計程車去你家樓下的彩券行
等待你醒來——那是週四，早晨
十一點鐘。你走來，睡眼惺忪
像一頭剛剛梳整過羽毛的烏鴉
黑得像藍，藍得像一則預言
而預言從不存在——
二月四月六月
冬天早早地過了，春天呢

我毫無知覺地流浪著
從一個肩膀到另一個肩膀
從一雙手臂到另一雙手臂
我就是這樣的人
浪蕩，軟弱，缺乏原則
睡得極少
而咖啡總是飲得太凶——
你還能夠原諒我嗎？
如果我寫完了這樣的詩
在早晨八點鐘又零一分
眼淚滴在畫紙上

RACHMANINOFF

且容你在我之內的之內安睡

在藏銀色的草堆仰面做那普照十方的夢

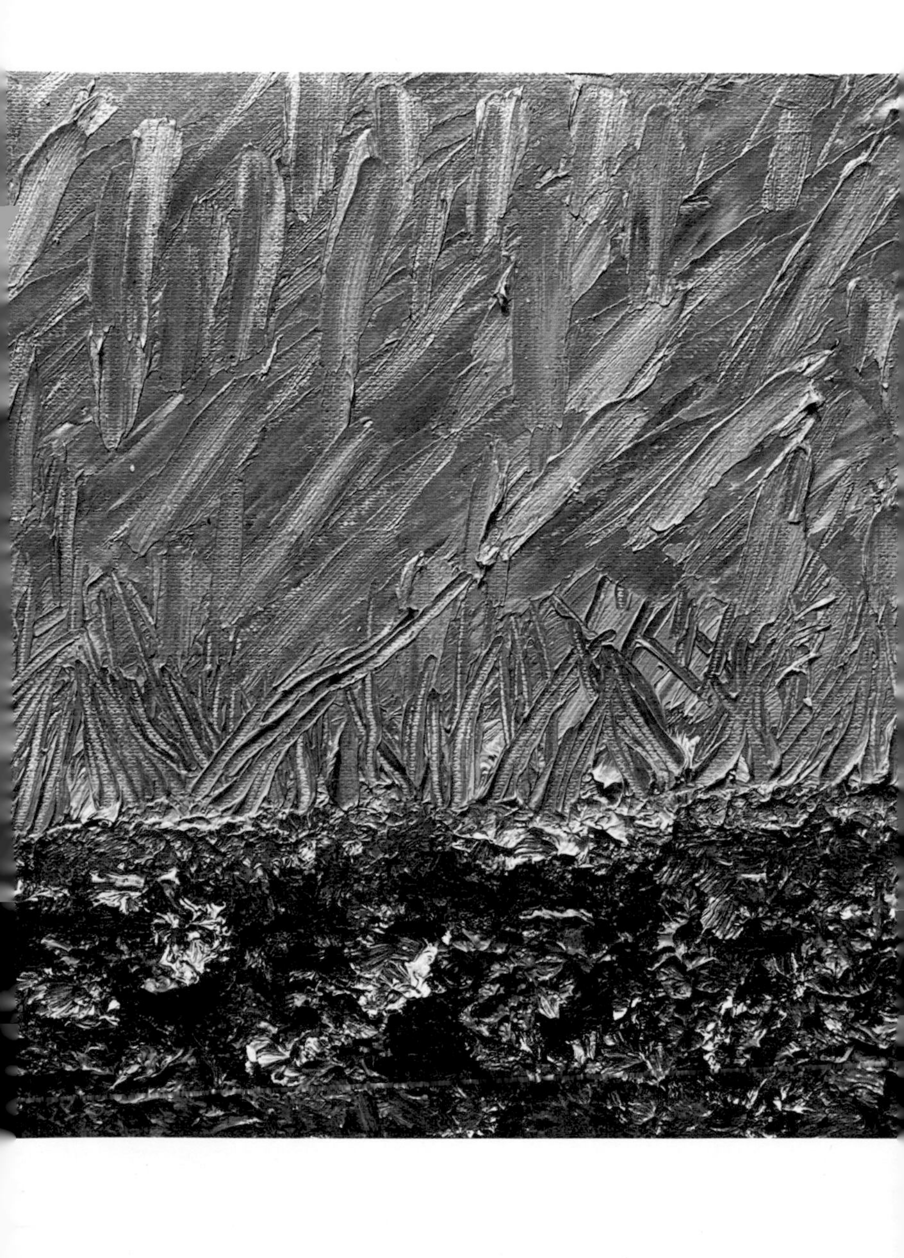

我想用大把的銀描繪你

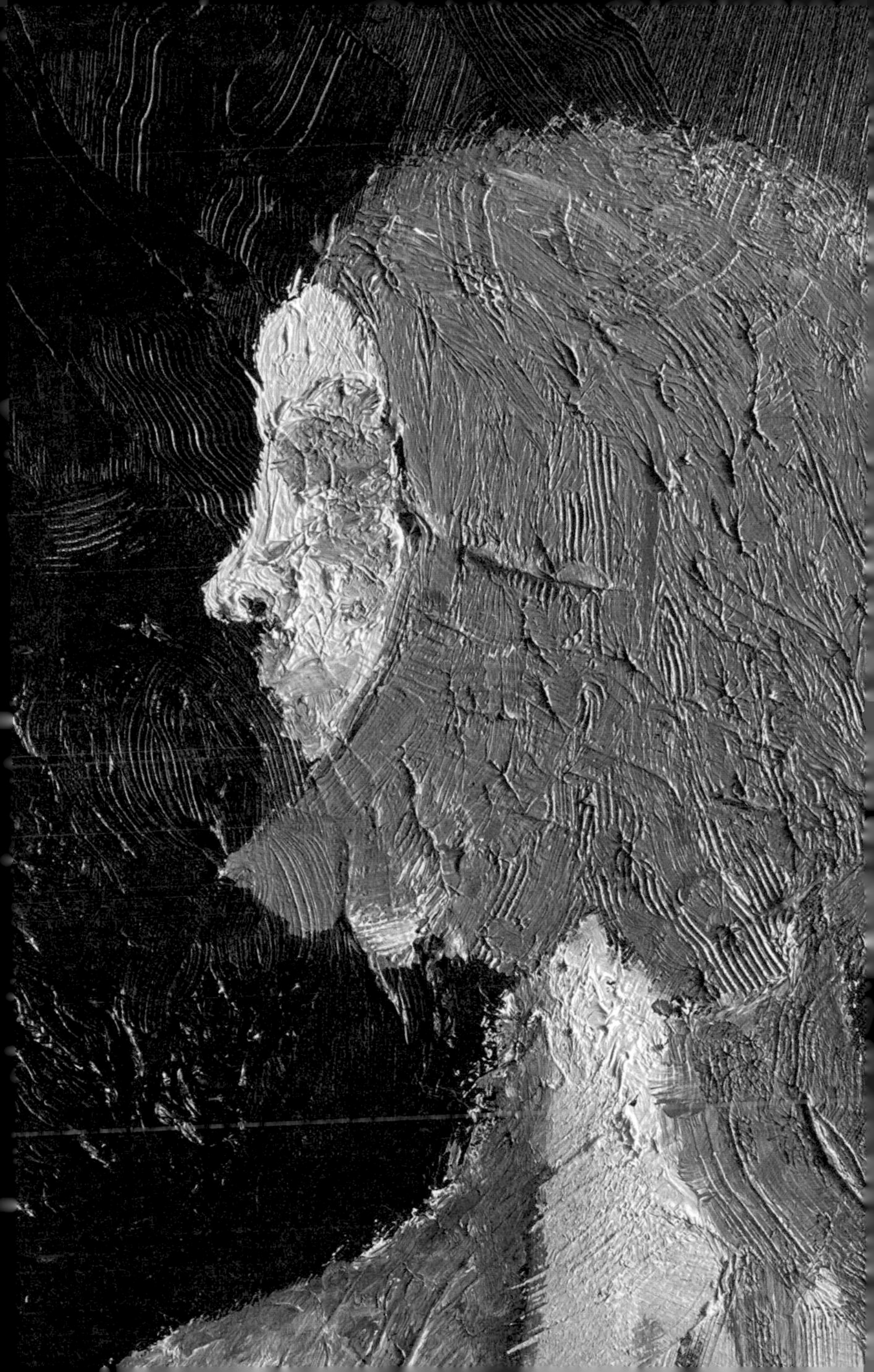

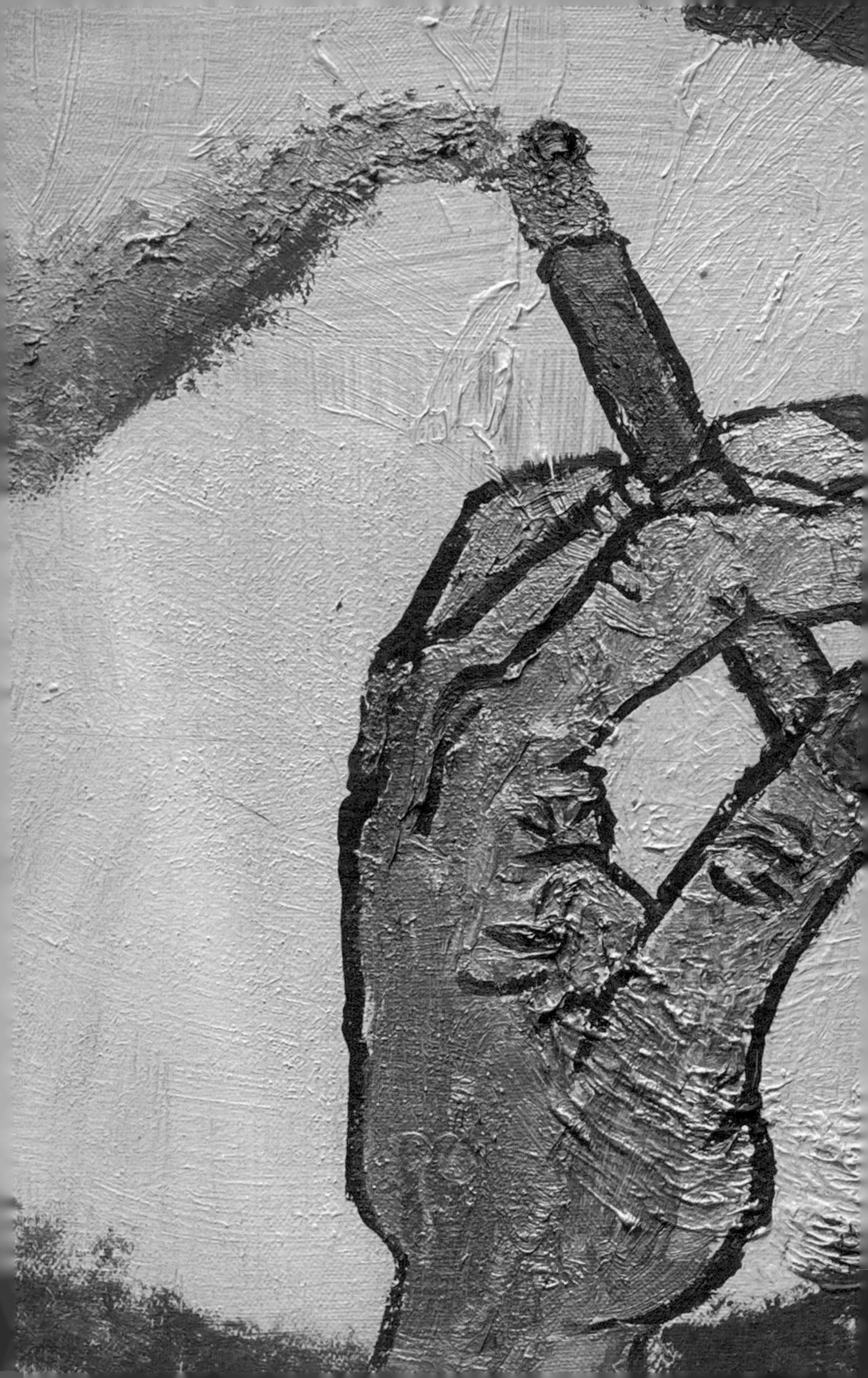

眾人啊——我要訴說的是
擁有心是一件
無比沉重的事

而真實，
重重地欺騙了我們

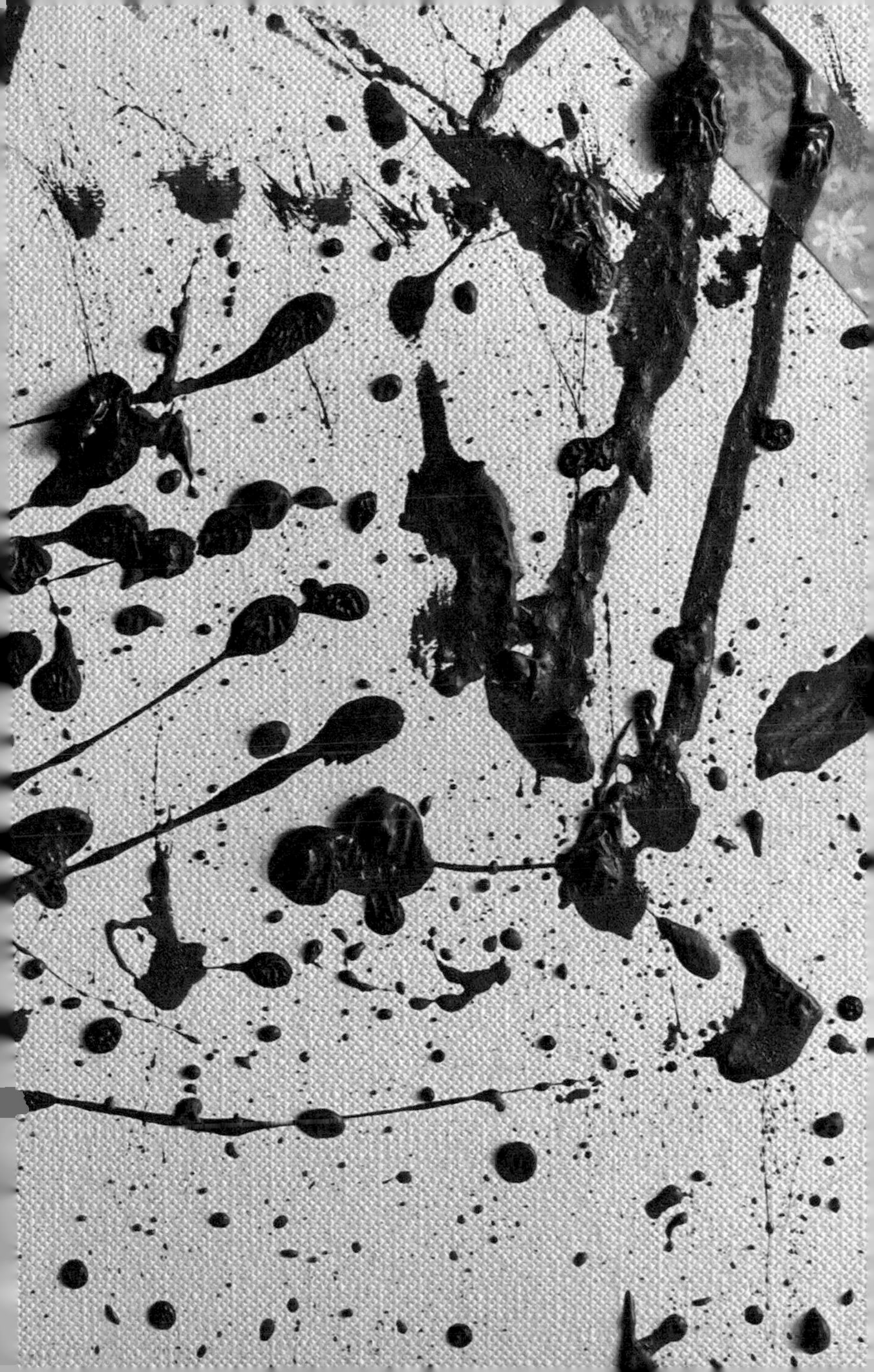

太陽發出嘆息
整座山林
為之顫索

奔跑起來

彷若我從未得知自由那般

漫無方向地衝撞

而七月知曉實情

它透澈且堅硬且漠漠

像一塊水晶

從岩礦裏

明白了獻祭的祕密

在威士忌和蘭姆酒之間

你選擇一道光線

一壺咖啡

一個人

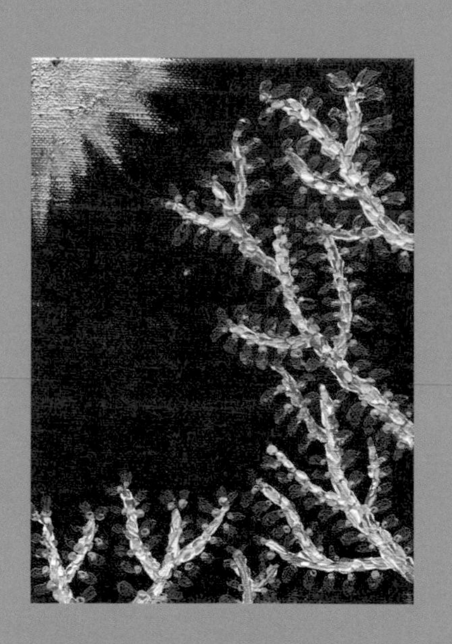

輯三

無言歌

Blues

The sky is cryin', Can't you see the tears roll down the street.

——Gary. B. B. Coleman, *The Sky is Crying*

你躺下，流溢四散，成為
一座無波羅目的之海
聰明的鯨群
簇擁你喉頭吞嚥的濃棕色苦液

你飲鹽。沉船為鐵。骨是鋼草
闇水深深搖搖衍衍裊裊漫越
膝蓋，肩胛，鼻樑，眉弧——
你既欲死
何況重生
為甚麼七月的天空也這麼濫情而無恥地
傷感，放蕩，無所節度

整個夏日的月光已浪費殆盡
反覆耗神於

無所事事的水母群之間
你才知曉蜜蜂有多甜蜜尖銳
而愛是礁——

雪色的面相
微細的主意
烈陽肆虐
堅硬激烈

來自披風衣的匿名者的投書・之三

他穿著大紅色的風衣走在街上
無人聞問——竟無人聞問
他穿著大紅色的風衣走在清晨的街上

此刻已經是六月
仲夏逼面
我感覺到一種不快的情緒
像蓬勃的藤蔓一樣親暱著我

滿街都是影子般的人
白色的額頭
灰色的嘴唇
鴿子羽毛般的防風外套
我感覺厭煩——厭煩透頂！

百無聊賴——於是信步走去小酒館
酒保的臉色一如往常
這使我感到安慰——至少

至少這城市裏
還有一點事物是不變的

像永久蒙塵的木箱
沒有鎖孔被撬開
沒有話語被解密

我攤開一本書
預備——閱讀
如今思想也成為違禁品項了嗎？
我服下一錠藥片
防止自己清醒地
受到通緝

如今我是個帶罪犯了
因為想像——想像是無窮盡的
我拆開女人的褻衣，充當被褥
穩穩地睡場好覺
在梔子花的香氣裏

我不得不命名這風

1

從石頭開始

你確信自己有了澈骨的改變

像一場嶄新的實驗

十二月，萬物皆反白，悽慘如光

使你明瞭原本許多你並不妄戀的事物

譬如：覆滿雪絮的海島

溶解冰露的薄荷蘭姆酒

鮮紅色的大衣，逝者如牡丹

綻放不合時光的愛

2

我不得不命名這風為婉約

或者凌厲——叫人思想為難

就是冷而高豔的一女人

披戴著午夜黑的喀什米爾

耳珠搖落前夜某人夢中的星光——

這些比喻如此古典
我試圖製造一些優雅
在風中，捲起法蘭絨的袖子
矯正心存妄想的領帶
隔著臉我們再度望見許多的臉
一頭藍鵲選擇鋼鐵的網眼短暫地休憩
藉由橫縱的錯覺進行短距的幻視

風揚起椏頭
將它驅逐
並極溫柔地
哼起某一首歌

3

某些時候你顯得氣色更美一點
更胖了點，胖點健康——
久未碰面的朋友向你說道
為人稱許是否也等於愛？
你往往困窘，精刻咬字與吐喙
力求得體，舉止合宜

但一旦你離開某人的家門

遇見一株青少的菩提——

柔軟，碧藍，每一道葉脈

閃爍著神啟般的亮碎

一陣風穿越你們

冷而暢快

在冬日稀罕的晴空下

你走進半掩的昏黃的酒館

啜一盅Sake

然後再一盅

4

我亦不得不，必須，無偶然性地

路過同一條敗葉如茵的小徑

我嚴重暈眩，睡眠淡寡，咖啡濫量

每一處轉彎都使我獲得全新的警示——

或提醒——來自冬神的善意

氣象預言：你將有一整週霾潮不歇的心思

而你的心，上次見他

你還記得人在何方？

我偷取商店招牌的名諱

想為不可能的新展開的生活命名

我渴望庸俗而豔快的經驗性

沒有譬如，無謂舉例

有時候，為一件不在織物祈禱不過如此

僅僅是坐在寒風澈骨的塑膠椅子上

燙口的紅茶，Mevius 7，半截禿頂的鉛筆

萬物皆幻術

你具有咒的天賦

5

你在路口的燈號下等待

風是活的，空氣有血的甜味

你嘗試，每當你，經過

你舔舐

沒有徵兆的雨天

你可以梳理斜分的長髮

那人依約來道

不早不遲

猶如一場微小精準

美妙的災難

你預想事物將要重生
時間從不為你賒提
我們所虧欠的
來日再被提示一回
被十二月的太陽
被闔攏又彈開的傘柄
被愁苦不眠的醉酒的慣犯
被歌聲漲滿的破船
被夜晚
被你

6

忘記從哪一天起
你立誓要成為它物的影子——
光澤淡泊，輪廓靜默
也許是，這世界上
一切物皆有其可求而不可得的另一存在
龐大莫過於愛
卑微莫過於秋天清晨
無所目的地舞蹈在

骯髒灰黯布滿塵埃的屋中
在地板烙下無可挽回的鞋印

無可命名的破裂
發生在時間之間
意志的革命勢必被迫中止
幸運的徵候將成惡瘤
我痛。我說。我不再動靜了。
在所有流離失所的景物裏
那件灰色的雨衣最適合你
穿上它，就像你原始的肌膚
光滑的塑料表面銜著凌晨金屬色的風
吹動青金石鑄造的心。

7

你已經嘗試了——
迎著強壯冰冷的風
打開傘，像對抗一名巨大的神祇
而不得不伸出雙臂戰鬥——
你感覺必須為此命名，或至少
替這一日取一個親愛的暱稱

當你無眠，失落世上所有夢的眷顧

無處可愛

愛為何物

「人生不如一行波特萊爾」——

或者，誰說過

「做夢之人不如一頭生還之鹿」

你以墨水慎重紀錄字句

寫在隨手抽取的米色面紙上

她正走來，你明白，你並不懷抱期待

星辰自反向生長

瓦礫中生出雲光

但願這些都並非真實

但願這些皆全屬真實

8

這是最好的一天——

雨停息它的獨裁

晨色如雪

你在北國，你住家旁近的檳榔攤

聽取雲雀叫了一整天*

最好的一天——咖啡被風品嘗
評斷——有此一說：
所有的身不由己
都能藉由拉赫曼尼諾夫
獲得權宜美好的解釋

你無法不留下幾件紀念品：
舊損的畫筆、撕毀的半頁手記
地下室裏的孤人
他對於鞋面的弧度頗有研究
且有著哲學家無理的潔癖

你穿得夠暖嗎？
那條黃綠格紋的羊毛圍巾
你披上了嗎？或者你依舊
堅持穿袖口掉線的那件老襯衫
在這最好的一天
在這一年將盡的最後的風中

*取自木心詩句「雲雀叫了一整天」。

被事物充滿

我們擁有無盡平和的愛
倘若你明瞭其意義
假設你掌握那內涵

彷若，我們輕易地在非週日的午後
攀身翻過緊閉如審判者拳頭的白色門柵
僅僅因為此刻我們需要被某物充滿
像是溫暖蓬鬆的黑麥麵包
譬如冬天，一床蠶絲的織裏厚軟

也許我們可以共划一條破落的木船
在雨林艱難的大河上堵塞滲水的瑕疵
你擎槳，我唱歌
撩起絲綢的裙角
躲避鱷吻的侵犯

此地無乳蜜
孩童的歌謠遠遠地傳來粗野的隱喻

即使在愛中，人們亦並不因此
變得更務實或寬容一些
我們不輕易原諒棲身的乞者
招搖成群的妓女
濃豔如翡翠的孔雀在街上逡巡
昂首闊步，自尊驚人
等待誰不謹慎地灑落午餐的殘餘

可能愛是善於量子力學的
我們屢屢擦身，決不碰觸，遑論親吻
可能你的神也是如此：
謹慎，潔淨，勤快地擦身
以星雲的乳汁藻飾祂濃密而虛構的長髮
縱使你允許，即便祂願意
這樣的排列組合堪稱滿意
決不夠好
尚可妥協

八月劫

我擁有太多的不幸
那麼多悲傷的種籽啊
那麼多痛苦的葉子啊

我持起剪刀
修剪露臺上乾癟的蔓枝
他們比我強壯
比我善良
比我懂得
忍耐和體諒

我擁有的為數眾多的不幸
一些我撒在盆土裏了
一些我熬在粥湯裏了
另外一些
我包裹成精緻的甜點
送給你了

一旦你品嘗
就許下誓言
關於奶油，朱古力
烤模餅乾，焦糖霜
以及諸如此類的
帶罪的咒詛

可是一想到倘若和你之間
真切地共食了某個
焦香酥脆的不幸之糕餅
這件事——卻教我心懷僥倖
並且暗自期待著

期待著
歷劫離去的你
在八月如乳如蜜的夜色下
披風歸來

畫室・之三

XIV。

這間畫室，走到樓下

便看不見了

站在對面的馬路

你所能眺見的

僅是一扇闔緊羽枝的窗

密密地掩蔽著

人類的夜間活動

我暫時性地離開

還鎖上了鐵門

這豈非暗示——

某些事物

將從頭開始

XV。

掏出鑰匙，暗示

一起尚未發生的行竊案件
重啟疑竇

我總是心懷憂慮
關於某些東西的失去
與它們的再度返回

譬如鑰匙，譬如筆，以及傘
那把白色塑料的半透明的傘
像一盞燈在自己的光裏
因背棄而迷惶

而整天不停地雨
而整天不停地雨

XVI。
你是否知曉，我的盒子
牆邊的毯子，鏡子後面
裝著一管顏色
五種解釋：

夏日的薔薇，夏日

午後樹籬笆陰影下的狗

狗的爪子，刨挖過的泥土

七月，八月，

松毬、蘋果或蘋果葉子。

現在是六月，最乾淨最清涼的

一個暑季，燈正鼓起臉頰

含著電，漱口

***XVII*。**

不能吐實——

你緊實的果肉包覆的警句

青年的肌肉

在豔陽下

鍛鍊七月之鋼

不能吐實——

路經的人身負銅的臉色

披戴著虎耳的金斑

面具及雨具

輪流踩踏在雀鏽的大地上

不能吐實——
我隨有了深深的
酒的慾望。
夜是動魄之禪
一種意圖
使沙漠玫瑰萎去
凌晨，抽菸的人
所向披靡。

***XVIII*。**
我遂有了渡石的
一座河的願意

敲韌褐灰的地表
觸摸顛倒之岸
一片苔
如一份心

而心

是遠遠遠遠不值得的
如何擁有，以及
被擁有，之間
表達一隻孤立的珊瑚的姿態
以為胸肋間
湧動死海

XIX。
我是沒有心的——
這多麼寂寞
暴雷後鈷藍灰的天空
孤鳥低掠

多麼寂寞——
墨水的遊魂在麥液浸溺下自動走散
各擇各的門，鎖起窗階
穿牆而過。

XX。
何時才是談辯時間本身的最佳時刻呢？

我錯失了打開門扇的機會
牆垣不破
孤松千年

人得獨立，獨力生存
原諒自己。
我也渴望向光學習
像七月的晝午的泳池
底部鑲嵌的明媚的珠子

我遺落了珍愛的耳環
連同年少的聽覺——
在池底
永不復拾起

每粒水珠，
皆作劫難。
我不復在你擅閉的階臺前祈禱
帶著濕髮哭泣
如魚吞闔流波
一場徒然勞動

XXI。

除卻我屬鬼的可能

否則我們無法渡厄

七月。

狹室內，對菸獨坐

我災禍氾濫的心含著僥倖的預感

預感追求幸福與愛……

林中象

> 獨步天下，吾心自潔，無欲無求，如林中之象。
>
> ——《法句經 · 象品》

1

我饋予你

一個意圖：

一座冷森林之淚。疲憊，伸展

墮及地熱幽谷

碎為一小片

肢解不全的海洋

萬物之心

你為此命名：

你的蒙德里安，波赫士，帕斯和梵高

你的星空夜，無人咖啡館，且無可質疑的

我的美麗失敗者

割捨一些心思和力氣

為我命名——如果

我將因你重生

在你無邊際無色相的

塵世音譜

古典定律

困惑，漂流，兀自孤寂，絕口不提

2

某種心願

將被達成——

身無長物在黑夜漫步

冬日最深刻私密的亞熱帶——

你能給予的

一些清醒的

晨光和暮碎——

愛是糖蜜

受冷為霜——

我寫下預言，作為
新世紀的一種美色——

如此奢侈地使用標語和斷句
彷彿不知飛行之苦的地雀——

那個沿路潦倒的賭徒啊
從荒野盡處返回一身風聲。

3

這一切皆使我身不由己
陷溺於時間的溪谷
光源盡滅之處
我尋找源頭，索求答覆
一口暫且棲身的冰涼的清泉

但我失去你
但我失去你
我巨大而無用的心
在這一趟漫無目的的旅程
像累贅的肉瘤

被石頭的雨矢擊落

一個按鍵
失策的音色
血光漫漶的臉色
一些皮膚，傷口，瘢疤
沒完沒了的一切黑雨
半個夜晚的魔法
一次幻術
一幅戲作
一句道別。

4

徹夜，與威士忌和蘭姆酒
交歡至滅頂的水面線——

表面張力的虛無主義
階梯上的吻和莫大祕辛

我的悲觀論者
我的宿命論者——

我從未以過度的親密思考你
如果——如果你允許我貓步接近。

向貓貓看齊——這是
你亦無法避免的
此生賸餘的樂觀碎片——

我不得不
藉由形式
去安撫你
無光心室

藉由肢體
遺失永恆。

5

我迷戀寡雨的大陸
敗壞而傷瘢累累的泥土

追求一種秩序

不打誑語，不受欺瞞
不造惡意，不涉細節

萬物自擁原則：
石之為石，不為所動
而夜裏將降的露水
使它穿心
動搖修行

我擁有一整座漠原的孤寂
枯色的乾淨
摒除思考和一切無有無可的感情
挨在茅草堆上作畫
讀一些無可救藥的故事

落單的赤鵜循光而來
棲足我殘疾的燭芯
我自始信奉起隱喻

6

無頭沒尾的雨季午後

我在巨大的聖誕樹下
等人 ——一個陌生的少女
將交給我一張門票
通往一無所悉的宇宙

燈光盡死絕
我是失神的幽魂在廣場上
僅賸下身軀——
你拒絕的，你擊碎的，你解咒的
我幻想那人是心存憐憫的巫覡
抵達這漫漶而細節蔓衍的一刻

我不想獲得預言
我想要幸福——
而幸福卻是
目送你轉身受人潮埋沒之際
說出口的深深一吁嘆息

因為你埋名
我將進入你
你的藍毛衣，黑襯衫

散亂的紙袋、筆記和書
那都曾隱喻過你
今夜，你是我唯一簽收的一封信

7

數千名月亮之下
杳然無林的蹤跡

我以為
魔法即祕密

那些你未曾告知的
隱身於眾木的深海

我以為萬事都將好轉——
譬喻。範例。果決的心。

而你亦不約定
任何幸福安寧

允諾無言

苟活無形

透過逐次的逃亡
我竟也漸漸逼近了你——

從你背後一把
攫住月亮的殘影

8

已經失去任何可供言說的道理
僵持不下的密室中
你沿途亡命
攀向天頂

你有何預計？
我從來不懂真實的悖想
可被衍伸的論說的拖沓的愛
為甚麼就
不足夠愛

而如此貧瘦的身體也教我顫慄——

每一句探出舌頭的詰疑
絕非我真的願意
菸燼燒焦我獨身的髮梢
火也冷清
死也乾淨

就算如此——即使是如此——
這枯竭的骨肢仍令我瘋迷
在象群臥倒的墳場
塚如滿月
罣礙無心

9

我再無華靡的詞彙可回報予你
和你之間，我席地
坐困一座蛇蜥低吟的死漠

貓背的沙丘
鱗自擁鱗的坦途
為甚麼我總是不經過你——即便
我踏碎了全鎮的荒煙蔓草

靜默如鍛金初上的早晨

我想必驚擾了誰——
也許是本欲趁窗而出的一陣淩風
也許是蓄勢待嚎的一場夏雨
我不在乎
全然輕蔑地大肆踏步著建築前的石階
我的夢自有腔體
總和萬籟
受寒的冰雪扼住喉嚨
踉蹌跌地
而決不覺醒

但我從不清醒
撢去衣袖的塵泥
推開遊戲間的大門
真實之物
匿藏於此
末世的爵士俱樂部

10

我做了一場夢，夢中
銀雪遍野，而樹林
枝椏錄載匆匆路經的行人
無意擦拭而過的肩膀毀滅
一片，冥想霜花的半涸的葉

一萬種罪刑
微不足道的血跡
我應該走回去那條
通往靜默林木的路
讓石矢般的木瘤
教導並分裂我
多慾而寡情的顴骨和肋型

救贖我，一如毀滅我
我渴望化做數值
成為灰燼
躋身虛無主義的設定
成為系統的汙點
被巨大的手掌抹殺

彼一刻，我將感受到光
與相對的絕命的幽亡
我將永恆地墮落
無限地飛昇
雲層之間
霧露如偈
沉默，巨大，無喻無忮
如林中之象
如林中之象

綠色愉快

週三夜晚
我的心思抑鬱肉身疼痛
整個人是
兌不出芽的飽水的種籽
聽著爵士樂

搖擺。搖擺。搖擺。
我穿著深色波希米亞長裙
裝了水走向樓臺

不過是給予
一點點水，放在
悉心排序的綠意之間
便得到了莫大的愉快
我的身軀輕盈心思活躍
想起來
得餵貓

水珠滴上我指節尾端
鑲著施華洛世奇鑽的銀戒指
我相信它總帶來厄運
但我這一生就是要搏鬥
搏鬥。搏鬥。與厄物搏鬥。

於是我刻意地戴著
厄運之戒
與命運搖擺，搖擺，搖擺
在水和葉和土之間，獲取
一點綠色愉快

Yellow

Look at the stars, Look how they shine for you

——Coldplay, *Yellow*

似乎無法確實地張開手指

撈取星辰的具在性——我努力

追求——向來如此

我並非輕諾而寡信的

如果我決意

寫一封信，給你

我必定

慎重其事地在桌面列陣紙與墨水筆

——且那桌必須是光滑的橡木

——且那筆必須是拋光的銅黃

我將播放你心偏愛的那首歌——

冷峻的遊戲，

普照的祕密。

浪漫派的前衛情感
這樣古典而溫柔
溫柔得像你常穿的那件羊絨套頭毛衣
每一次擁抱
我的心器
珊瑚漂搖

出自永無止盡的訣別
我開始自暴自棄
濫飲咖啡，杜松子，快樂地嘔吐
填塗豐豔絕代的唇顎
好與你交談，或者親吻
低聲叮囑：
要健康起來
要強壯無畏——

那多麼可能恰巧是
我想對自己索取的——
可愛而純粹，
無知且無慾。
在你面前，我盛開如一株鋼骨金肌的白罌粟

天性帶毒
柔弱易折
不懷好意

我勢必要做一名尖銳而卑微的孩子
為了接近你，而剖開自己
一一展示：看，這是我小鴿石般的心
這是我衰疲近乎水晶的胃——
肉身如礦，日漸剝朽
你拾起耳機遞進我草莽的髮
用一首歌寬容我枯槁的意圖

一切尚未結束
一切從未開始
我怎麼能我怎麼能
握住你深藏衣袋底的掌紋
那之內，巫鳥盤旋的森林
暗不可測，了無出路——
漠銀的星雲的胸肋
因你而燃燒而飛滅
我的骨骼焦黑，氣色敗壞

你又過來，告誡我，警醒我
光明盛放的時刻
星辰石濘的奇景

九月厄

你只能變得更健康了——
我是說真的
在不會更好的前提之下，萬物
於九月裏搶食著陽光的油脂
保持諄諄的謙遜的肉體
為了隱藏、不被祝福地生存

一個季節
僅僅是秋天
你卻只能夠變得幸福
每一次你笑
雲雀像歌一樣叫
你就是雲中鳳羽，籠中水晶
你熟諳從囚籠逃亡的訣竅：先喝
許多許多乾淨而甜美的水，再說
步驟，過程
發生，定論
心知肚明

贅述無益

況且
你只能更自由一些——你只能
愈老愈像一尊偉大而明亮的雕像
在街上被象牙公然地披露
九月——
事情不能變得更壞一點點
無所事事或者無法可想
都教你更懂得應對某種
愴皇的甜美
傾圮的鮮媚
譬如山木槿
譬如你自己

畫室・之四

XXII。

我滿懷著禍害將至的預感……

新拆封的畫布在我身後，背脊伏馴
飄散新草氣味的香菸
在我骨節嶙峋的指間
抽出一握
雪的意思

不傾倒它們——任磚灰的苔黃的依序腐敗
也算得上某種
生活的風格
風格本身，近乎乞討

我向最接近這世上的麥祈求一點寬恕
一滴足矣，讓我迫近
血管底層最純粹的釀煉的金

XXIII。

我沒想些甚麼。

是這樣的時候

已經到來

它選擇循環

落葉，星星，塵埃。

如果還有一些話

便含在嘴裏，作糖

軟化一個秋季的葡萄和李子。

門開了，一個穿著馬尾的男人

像一握夏季午後雨水那樣的尾巴

他確實是一匹我陌生的遺忘的瘦馬

他推開門說，借過，謝謝。

我也對他說，謝謝。不好意思。

我將贈予世界的箴言：

謝謝，不好意思。

XXIV。

在這樣的早晨

貓不知道做甚麼

窗邊的草缺了一角

盛裝宿命之雨

我曾寫下珠光閃爍的鍍金之句

揣在懷中，一份寶物

雨水尚未降下的時日

走在乾旱的地表上

漫無目的

心無罣礙

無罣礙，故無有恐怖，遠離

我的一切顛倒夢想。

喫麵，喝湯，飲水

摩娑一遍又一遍的街道的肌膚

妄想給他一點春天。

富有鋅與營養的沙漠
一株鐵色玫瑰
面向銅鑄的太陽。

XXV。
我剔除舌頭，那之後事態變得
簡單許多，生活終於獲取了
滿足，例子：
酒如同水
雨如同石

吞進喉腔內，然後我剔除骨
不必站立，行走，坐或蹲
或占據這無用的大地
的一小處

我剔除眼睛，從水晶蛛絲的體腺
剪斷，剪斷，剪斷紅花
剪斷綠藤
剪斷藍晴
剪斷晚秋殘存的鵲鳥的斑點

牠們的羽毛多麼漂亮
漂亮得與幸福遙遙無關

孔雀，他寫過孔雀的前額
他沒有寫的是：雜雀的眼淚
眼淚是虎繡的銀箔，非常廉價
一點點銅幣就能買到
整箱無政府的斑斕的皮毛

當月亮賜予惡意
這世界說：有光。
而我信光。

***XXVI*。**
直至此時
我才能在那些懷抱美意的眼睛裏
找見所謂的斷
或者捨
以及離

我試圖描繪那些轉向他處的眸光
每一雙瞳仁

都是背光的樹
棕櫚或者鳳凰
更好一些的，逼近落羽松的

我試圖——翻轉它們——握緊
每一片被世界放在掌心的葉子

枝椏即倒影
我現在才明白——重複
反覆與
叛逃
之間
極大的好處

而那麼地善良的鈷色灰
是屬於拉威爾的
而他的頭髮還存續著一抹黑
塗鴉在陌生人的牆壁旁
一行黝黑而策情的小鼓——
一匹淺秋棕的小馬
他喚牠：
波麗露。

頹喪曲

下雨天
我的睡眠已然過期

沒有任何新衣
支撐肉身保鮮

所謂似水
流年
晝短苦夜

我有了更深一層的體悟
貓在床頭不斷
扭動她細小的腰肢

我每每驚嘆——
這就是生命！
僅僅活著
不忮不求

不企求更多

生活的本分

譬如，削好了一顆蘋果

就是一顆蘋果

晾隔夜洗好的衣服

必須

無念無明

沒有期盼

沒有過多的揣測——

為甚麼，從哪裏來的

這麼多，這麼久的雨呢？

雨天教我頹喪

想起一切被褫奪

而失去，而再不能見面

心愛的事物

剛收成的洋裝：雪色的
蓬鬆的，像我曾經捧起過的
遠方的嚴冬

那也絲毫無法拯救我
畢竟是下雨天
頸部的深處激烈地疼

潮濕而旱涸——
我也不明白自己如何抵達了
這不毛的矛盾

很快描好了眉毛
套上最合身的T恤

勉強地打起精神
聽雨水混音的李斯特

徒勞歌

你拚命地，醒來
醒來的每一次，都必須
睜開眼睛，才能看見
灰敗的雨和葉子
在你的窗外流盪
斑鳩或者麻雀
那一類的，無枝可依的，注定了
不可久久地站立在地面上的
你一概將那些纖細的羽毛們
視作隱喻——影射——暗示
——無論如何地關乎你自己
你自己
你自己

也想要有所成就吧——
你這一生，也想要
教人尊敬吧，你這一生
——究竟究竟做了甚麼呢？

你坐在床沿，昨夜還穿著的牛仔褲
臀部陷入皺軟的棉絮的泥地
翻覆的空啤酒罐，女朋友，晾掛的泛黃褻衣
一時之間好像都不用在意了
試著塗抹女人的唇膏，結果
一時之間妖豔起來的你自己
你自己
你自己

今天也沒有打算做些甚麼了
光是張開雙眼凝視著這世界
就耗罄了一日之計
生活的勇氣
到底從何而來
你寫的詩句早就不被誰可憐了
不被誰可憐的空啤酒罐，斷了兩根弦的二手吉他，女人的
假髮
像黃金葛的藤葉在下午的無聲的風裏搖盪
搖盪地充滿隱喻地影射著你自己
你自己
你自己

無言歌

Rachmaninoff, *Vocalise*, OP. 34, No. 14

第一部

那必然是宿命的——
一組雨針繡走的和絃
做為萬事萬物
模糊的寓指
曖昧的干預
再沓無命名的自然的誡律

這無關意志
更遑論情愛
夏日的尤加利
秋夜獨善的菩提
而真實，重重地欺騙了我們——
將欲求睡夢的眼睛從半空拔起，歌吟
每一束煙硝似水，盛放的神經玫瑰

你早就明白宣示，面朝諸神
最靡魅的交談莫過
相隔著一杯冷卻的黑咖啡
而凝對無言
而此生不見

憂傷並不比濫情更高貴一些
大音希語
視字如血
而你的美德泡在威士忌杯底
載浮載沉，像行將溺斃之魚
揮舞黑白的旗幟
軟天鵝絨椅中的革命家
背對世界，動用一切的反義詞
為肉體戰爭

誰嘶聲高呼：反對！反對！反擊！
誰蒐集生還者臉龐烙拓的號碼
你調度一場無可比擬的暴雪
警示我荒敗潔白的命之核心

第二部

你所欲向世界傾訴者——
悲愴，微小的悲劇
夜半醒轉的疑懼，失去聲階的樂手
無望的幽谷
時光的深淵

也許我懂——我僅僅說，也許吧
如此善於抒情的
出生於冰雪的嬰孩的耳目
一千萬次的歡愛，深深陷入
一座萎黃的茅草堆中
一群咀嚼著樹皮旁觀的綿羊
毛色雄偉，巨大，無知無邪

生存即狂想
怎能有那麼那麼多難抑的憂傷
我已經沒有更好的季節去挑揀詞句
一如從丘稜的雜穀堆撈取金穗
我已無餘力再緘一封信

離鄉千里的少年
在霜銀色的月光下
痛飲粗麥釀的酒

徹夜
擎著煤油菸燈的一家人
在鵝絨色的夜晚煲著豌豆湯
他們的傢什簡陋，四壁無畫——
一張厚木鋸成的長桌
耙子在牆角，倚著幾隻麻布袋的黑麥
一座不再啼唱的木鶯鐘
緊閉異國語的喙部，嚴防外敵

——這就是
你所患得的一切嗎？
伏爾加河萬年地洶湧
你形貌瞬變的哀愁
鎮年無休的暴風雪
鞭打你松木般的脈搏

然而，總有人黝硬如鐵鑄的鍬首

以悍瘦的骨髓吸吮燻肉和羊乳
你飲咖啡佐以烈酒——當然地
掏出隨身的銀製扁壺
與他人親切地閒話家常
嚼著羊肋，胡椒與薄荷

你傾聽——眾音源於雪
復歿亡於風
你張開柏葉般纖細的耳廓
傾聽太陽下犢泣的生活

第三部

裹著羊皮紅圍巾的神
從廣場銅像的左肩脫身
你去應門——你必得如此——倘若祂想
祂搖動一千扇祕密暗鎖的門鐘
教鴿群炫技般飛向高塔
透明的弧線
被尖端刺殺

如今我可以做到——

潔扼且動情地

向你敘述我的故事。

我所冀盼者

莫非迢迢的星系

旋轉的寂靜

爆裂的死默

但，億萬抹流星從凍土的高空墜落

你聽取，你證在，你仰望

活著的時候

一切曾眷戀的風景不過如是

至悲無歌

大夢無言

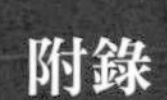
附錄

在伏莽地

I 此地

我在此處，伏莽地。
在你那半捲起的郵票般的手心
在此處，城市的邊緣沒於湖岸
盡頭的盡頭，日影凝凍於樹梢的尖塔
無眼的松鼠奔跑，再奔跑
帶棘刺的松果落下，成為
春天以外的任何事物
譬如水晶，或者磷
譬如遙遠遙遠的一枚
被手溫烤焦的榆樹葉子
譬如臨行前截短的頭髮
被黃昏的爐火烘綠

在此處，我復夢見了你
夢中的街衢如煙遶行
我們疾走，躲避突擊的飢餓與寒冷

身披粗針織的毛線衣
暖得像兩把小小的火炬
淺灰的鴿群穿行小巷的塔頂
我復夢見我們的友人
他們竊竊低語，彷彿預備著一場
意料之中的斷裂與移動
餐桌上酒肉琳瑯，杯觥搖晃
鄰座的鄰座交頭咬耳，捏著嗓音談話
把玩柔軟的躍動的異國語
（我幾乎忘記了自己正在伏莽地——
一座美麗而蒼涼的城市
邊緣淹沒於湛色的湖岸……）

在伏莽地，我為消磨時光而疾走於街道
兩旁展開了酒館，樂器，威士忌
鋪疊著銀製的首飾，熱咖啡與菸
此處鳥禽殞落
蝴蝶絕跡於公園
我漫漫地踏行於光亮的街頭
擤著涼涼的鼻子，打著噴嚏
像一名浪漫的旅人幾乎仆倒在雪中

路過的人們看著我就像看一頭
來自東方的短毛髮的小獸
金髮的牡丹綻放於日光下
這裏的女孩蒼白嬌美
這裏的教堂高聳，街石薄脆
市政廳靜矗沉默

◆

在伏莽地，我倚著玻璃窗面
在溫暖的雪景中幾近睡去
並幾乎深深思念起我們居住的小城
我在那裏，穿著粗針織的毛衣
日復一日地編織舞蹈般的字眼
輕快地敲打碗盤，攪動米水
早晨時比貓先醒來
身體健康且充滿預感
剖開柳橙，揀洗綠葉，餵貓
指腹輕輕滑過貓貪眠的背脊
日光的琴鍵梳理貓毛
那是四月或九月

一切剛剛開始，或者
一切尚未開始
木槿披著它錦色的袍衣
巍巍地端坐牆頭

我沐浴在光照之下
倚窗眺望大片灰綠的積雪
思念我們居住的小城……
櫻桃嬌豔，鴿群欲飛
穿著吐珠綠的套頭毛衣
擺弄著蘋果與貓毛的綴飾
感覺強壯且無所欲求
三月裏，我們剛搬完家
拆散了一半的紙箱富含喻意
體徵某種純粹的生活的信息
促使我們從散落的書堆間抬起頭
撞見木槿正披著錦色的袍衣
端坐葛藤遍布的牆頭……

◆

伏莽地，此處我已不輕易言愛
輕易地開口像久渴的鶇鳥
將小枝叼於喙尖
慧黠地跳躍，朝往
結冰的苦藍色的湖面

掌握袖珍的冰原時期
在我手中，一切如蛋白色的輕霧散逸
語言，語言之外存在的書寫
我急於為事物起名
歸類，收納進一格又一格哀愁的抽屜
以致忽略了雀的飛行
遶著窗沿，牠展示樹棕色的尾羽
向我炫耀一個暫棲的標點

我是否曾提起——此地無鳥禽？
在打算擬給你的信裏，我寫道：
　　這是最好的時節，
　　遍地是堆高的白雪
　　雪堆中岔出小徑，
　　人們從小徑上走過，鮮少回首

低著脖子往前直行
看起來勇敢而果決，
我真的希望你也在這裏，
你也看見……

我不再輕易言愛，伏莽地
不再照常梳理髮際，描畫眉毛
髮流流經鄰近的水域
濃密如樹林如落羽
透明的鴉群在天空盤桓
擲下消化不周的塊狀的預示
擲在車窗上，教堂前的斜坡上
行人匆匆踏點的黃昏的鞋面上

◆

向晚
有烏鴉停棲於斜面的露臺
接駁一整座象牙紅的暮色

在光度黯淡的膠囊裏我行走

滾動意識的圈套
如松鼠追逐一顆水晶松果般
在凝凍的人行道上小跑

收攏大衣的領口
手裏握著熱咖啡與楓糖漿
盡所能地蒐集殘破的雪片
供給我一日所需……

或不僅僅如此
或我們仍需要一點尋常的交談
交換香菸，襯衫和湯

我們仍舊需要互相背叛，爭執
在冷冽的異地的電話線中
話語觸手冰涼，我接收
彼端的問話如捧著滿掌的小雪

二月，松樹的嫩枝
復遭不可視的手指撚碎

建築的頂部傾斜著肩線
巨大的烏鴉飛旋
幸或不幸，萬般生活
皆釉上鴉目的鍍黑

撞上去，便是一張紙摺的面具
在雨裏像烘壞了的鬆餅
薄軟而潮濕

雨絲觸及地面
凝為骯髒的冰

數不盡的人踏過去
在冰上滑跤，出醜，或立在一旁訕笑

不約而同地舞蹈
在我髒損且冰凍的心

◆

妳疲色的額髮

富含初春的霜質

清晨的伏莽地屏息聳肩

鐵紫的雪片觸落地面

雨復凝舌為冰

所有的語言皆失卻了動靜

此刻於伏莽地，六點鐘又四分

十三道小河之外是妳的島嶼

河底富藏盈盈青藍的卵石

妳渡河，岸旁的垂柳供妳扶握

妳感覺安全，輕易，病害不侵

妳感覺好極——

天空是勻過脂粉的臉肉

粉霧色的雲層奕奕有神

妳逶過教堂，今天是週六

象灰色的門扉在妳不在時開啟

事情總是這樣，錯過一點，錯過一些

像乘錯了班車的旅客

兀自劃弋弧形的軌線

他們籲求——多帶點兒菸草

捲上一小撮二月的碎末

在雪地吸菸：最安靜微祕的藝術革命
雪復結著一顆顆細小的舌
妳微微張口，吞吐即霜霰
而伏莽地將容納妳
髮膚衰弛，眼瞼闔閉
如一雙暴怒的核桃
肩背鬆頹如一頭年邁水獺
妳渡河，河彼端的島嶼上
盛大的歡典由此揭曉

◆

妳錯過了慶典，妳錯過煙花
那些鍍金如銀的歡愉
在真正的緘默面前燒萎成灰燼
妳試圖撈取，蘆葦編織的篩網
撈捕棉絮，魚骨，冰凌草

所錯過者，將使妳真正失去

把自己蹲成一座化石的機遇

水鹿般熟盹的夜間道路
清潔冰凝的草叢間的小徑

伏莽地，妳將真正地靜默
彷彿傾頹的猛獁
在自身龐大的骨骼迷宮
尋找時間的柴薪……

◆

圍繞著核心，星球旋轉周遭的氣雲
攪動，世界如一捧溫涼的淺湯
在自身的漩渦中垂沉
而瞌睡……

在伏莽地，一早鋪疊了淡綠的雪粉
碧紗與朱玉的建築圍攏
冰霰從房屋的構造落下
沉重地搥打地面

那聲響潮濕而靜謐
如一場神祕的說法……

◆

冰雪微融
小靛毯般的瀑布垂掛於岸畔
黑色的樹枝托起天空
如黝枯的手指
握住一杯青色的早茶

我站在橋畔
看望水面的起降
今日陽光姣好，雲布高懸
風吹開大衣的襟口
軟涼的手掌
撫觸行人袒裸的臉頰

我也是一名路過人
在日輪下疾步行走
承受微量的飢餓

來自冬鴉的些許的信息……
冬天的光度是傾斜的巨尺
將事物衡量
在它曖昧的刻度上

◆

我感覺變輕，幾乎浮起
浮升於積雪的屋頂和塔尖的鐘面
群鳥在橋的兩側遶飛
無聲地向地面投擲
柔軟的羊絨灰的影子

我感覺寧靜，平和，細小的顛簸
身體像窗下的小河
些微且緩慢地流失著力氣
在伏莽地的橋下沉默地旋遶
通行於檯燈，座椅
冬鴉在小徑的終端嗷叫
千屈菜與翼豆低聲交談
舉行無名的會議

◆

今天，暈眩占據了我大半的心思
早晨在無人的高速公路上馳走
鞋底輾碎冰石時發出
螳螂臂膀折斷的聲響

我走過一小段連綴的灰藍山脈
無數枯朽的枝葉彼此掩映
對看，彷若枝條是枝條的鏡子
鴉群再次遶飛
鳴叫聲哽在喉嚨裏

直至黃昏，方有心神寫字
敲打鍵盤像慵懶的採礦工
偶爾一鋤栽下復拔起
從礫地間，掘得不幸的湧泉

◆

日復一日，我遂更加知曉你一些

伏莽地……

降雨時節，陌生的異國語凝結為露
攀附於瓶龍膽草的葉緣，兀自
巍巍顫索著
一顆雪花球狀的標點……

標點大肆地鋪據我的心神
像地毯上的毛球粒粒豎起
我已洗過熱水澡
喫了些黑巧克力
讀了幾頁李維史陀
他巧妙地引用哥倫布：

「樹很高，好像碰到天頂；如果我沒弄錯的話，這些樹終年不會落葉；我曾在十一月的時候看見這些樹葉新鮮油綠得像是西班牙五月的樹葉；有些樹甚至正在開花，有些則結著果實……只要一轉身，到處都聽得見夜鶯的歌聲，同時有數千種不同的鳥類為牠們伴唱。」

在伏莽地，我埋首於里約和美洲的燠熱叢林

濃稠的河水不斷地伏擊魚群
以它特有的方式
在我們的記憶中留下破綻
像一件寬毛衣偶然掉落的線頭
彷彿你可以循著那線而使世界解體……

◆

此刻我暈眩於
周遭不斷旋逸的異國語
門外的雪呈現翦青的反光
如同破碎的海洋

而夏日曾經壯美
盛大而繁熟
芒果和蘋果的排列方式
色澤與光線的舞曲
流動的燈光，靜置的桌
水晶蜻蜓的室內演奏
蜜糖蜂鳥的旋舞盛世

午後，在伏莽地，二月
我伏案而作，黃昏而息
擦著豔桃色的唇蜜
畫上彎曲如黑溪的眉澤
等待陽光斜身彎進房內
遞來一枚金黃色的斷枝的招呼

午餐過後
找著鼠灰色的羊毛圍巾
披上，寫著地址繁複的明信片
內容相對地簡潔：

　　我在這裏寫信
　　給你。一切好嗎？
　　我想念貓，但不太
　　想念以前曾住過的屋子……

僅僅是把玩幾個念頭
一如將彩色塑膠彈珠
捏在掌心
感受到一股沁涼的快意

完全陌生的雪地所帶致
使感官開放——
自由，孤獨，完全的靜謐
斷續地敲打著拼音
刪除，增減，珍惜一切小鴿般
足以握在手心斟酌的事物

今天早上，有人談論狄更生——
我不太確定自己喜歡哪個譯名——
狄更生或狄金森？
但她是絕對的，永久
不致腐壞且永恆嬌巧的
如一瓣冰鑿的蒼雪玫瑰
巍巍地顫索在
安默斯特的門窗前

（永恆凝固地
低著頸子，凝視
冰藍腹羽的知更鳥
羽翼張闔的影子……）

午後，在N市的屋室裏

貓蹲在枕頭燒砌的爐壁旁

嗅聞音聲的餘燼

咬嚼紙球

窸窣細訴

如貪食的松鼠

柔軟且渴

風聲拂動蹇褐的枝椏

步行至超市，那裏的金髮店員認識我

非常溫和地：今天好嗎？妳都好嗎？

倒給我熱帶的啤酒

要我嘗試鳳梨與荔枝

這迫使我想念起N市

老舊的塑料屋簷

久渴的蛋黃色盆葉

靠牆的書架，散落的海濱之石

爐壁與貓相偕而坐

早晨，我出門去市場

尋購柳丁，香菸和蘆筍
包心菜的嫩葉含綻如玫瑰
向日葵般的玉米陳列在
深綠塑膠布的檯面上……

此時僅僅是午後
大張白紙的時光等待消磨
寫字，讀書，啜飲咖啡
咀嚼黑炭般純粹的朱古力
擱在肘旁的皮包
此刻惟它對我忠貞
如栗色毛髮的犬隻
靜候我起身，煮水
再度啜飲咖啡……

◆

夜晚，星芒垂遶伏莽地
山林的反光被沼澤撚破
遂為一小窪湖泊
流濺於鼠綠色的地面

石板起伏不平
冰層薄脆而易怒
在白晝在黑夜舉行長長的散步
緩步攀行於山丘
雪的影子纏雜著枝葉
美好的形狀
在思想裏破滅

樹叢間，氧的篝火升起
我撿拾石片，斷枝，冰透的袖珍松果
淡金色的小葉團簇如牡丹
於水瓶底等待黃昏到臨

（此刻，我也不過是
字詞的拾荒人
雪路上的閒餘者）

木板搭築的屋室
草莓和蜂蜜派的香氣
懸掛於天花板

薄荷，玉米，楓糖
桃心木烘焙的脆麵包
奶油啟示著談話
紅番茄微逸馨芬……

（乳牙色的月亮垂吊於
枝椏的枝椏之上
彷彿邏輯本身——毫無邏輯地
使我們哀愁，笑
低下眼睛喝湯）

◆

此處，一切已然太晚
一切已然太早
黃昏，赤鳥停留於漆黑的枝頭
停留於印象，光暈，畫面……
延伸的坡路蜿蜒觸碰
兩旁鬆軟如糕的雪堆
落積於鬢頰的霜粉
索求一小段情節

關於日光，關於滿地墜落的果實
抽菸的灰髮女子經過我
微微側身，互道早安
此處枯葉滿室，翦紅的葉身
浸於窪陷的足跡
石塊憂鬱地側臥於道路
步道的終端結繫著山坡的起點

車輛駛過，濺起整片的昨晝之雨
時間的殘肢，被松林剪碎
撒落於蛋白藍的天空……

II 時光

我復重新回身於
先前所置身的玻璃膠囊
錦繡的花朵鋪排於
印象與印象的鏈鎖，沒完的雨
風和相關物的賸餘
鏈結於街道，於錯身的行者

乞丐和清掃人專屬的屋簷

我復回身於此
爵士樂的車站散逸百合的氣息
複雜的呼吸系統
用暖氣點燃香菸
微小的錫罐散落在積雪的路面
迎面飄落的絮屑
遞出卻久未抵達的信
風和相關物的賸餘
在我頸後

垂掛著刺青織物的市場
水晶雪花凝凍的城市
恍若一只舊玩具
在我手中，吱嘎作響
清潔而頑固的關節
不合時宜的顏料塗抹在
以裁過的天空為底的
柴青色的畫布上

◆

我飲著啤酒，滑著手機
接收來自遠方的簡單信息
我懷念我的島
那麼脆弱，瘦小，不合時宜
山巒的淺盤入口
終年結著銘黃與鉻紅的果子

我想念它們，一如想念我的貓咪
琥珀珍珠的瞳仁在夜裏放大
擴張為旋轉不休的湖心
我想念牠眉間柔軟的漩渦
通身披覆金花鑲黑的毛皮
對我呢喃甜膩彈牙的異國語……

我想念牠
抱緊牠，儘管牠毫不樂意——
掙脫我的懷抱如一簇火焰
猝然躍到地板上——
姿形如美妙的水蛇

無聲滑越晚間半啟的微燈

◆

此刻多麼完好——感覺孤寂
在零落的燈光下
面窗敲字
被雪壓低的枯枝
斷續地敘述著遭遇

我不同情
毫不動心
在小雪翩旋的暗巷裏
泛繞虹光的鋼琴酒吧
剖破自己的胸膛
將滾燙的啤酒潑灑在
路過人的腳步下

而此刻如此完好
防不勝防。
冰柱降臨於枝梢

末端觸碰著末端
肩併著肩走在
空無一人的小橋上

空無一人的小橋上
肩併著肩
靴底唱著小小的音樂
我落後於其他人，吞著煙霧
靴底唱著小小的音樂

◆

我重視——
春天，土壤冒出淡綠色的桔梗
信諾，捎自遠方的卡片，散亂的銀器
揉成一團的格紋羊毛圍巾
隨意棄置的手織桌布
暖毯，木炭，火爐

我重視
再也沒有比我所重視者更無謂的

那些微細的閃爍的事物
在人群與人群的夾縫之間
黯黯發光的座標
錯落，朱古力軟餅乾一般
黏稠的柔韌的事物錯落

我想躲藏——
匿身於薄荷瘋長的縫隙
再也不能解讀的外國語
完全的孤獨、靜謐的國土
通心粉在熱水裏舞蹈
終日不停的雨水
舞蹈，吞入腹內的藥片
舞蹈

♦

長久長久地耐著餓
促使人微弱地行動：面向窗外
冰花飛濺在平坦的石板路面
石青色的風，使水杯傾斜

蔻丹之間的捲菸
問號與新識之名
雪之中的雪

雲下的屋簷
雨外之雀
以為那麼簡單，容易毀壞
我們將要如何誠實地迎對
下一個煙花灰滅的夜晚
飲酒取暖
踏著貓般的狐步
滑行在書冊之間直到天明

直到天明
小徑旁的斷枝融化為細流
這是靜柳，那是枯松
簡短的寡言的春天
在未及防備時
猝然敲響門扇
門內相擁著跳舞
金鋁箔葉遍布的波斯地毯

土耳其的瓷碗
羅馬的銀杯

韻腳即時間——
最銳利的分割單位
從兩片唇葉間擠壓流出
不可見的尼古丁
無色的臉譜大量複印
黏貼於無限

知名的藍雨衣
死葉的怒意
念頭的落石
感受的核果
靈光的碎布。
鮮少再與人談論，問候天況
梳理盥洗，像貓舔理自己
被細碎漩渦覆蓋的鬢額
思考幻術，此刻，下一刻

山霧掩埋的狐狸洞穴中

卑微的奇蹟正發生
肩膀強壯的哲學家
蹲在熊窟中，思索春天。
拳擊手太年輕且太瘦
一切剛剛開啟，或者
一切不復開啟
無伴奏的舞臺
窗簾與麥克風
微小的酒精刮疼舌頭
苔衣的皺褶愈趨薄嫩
事物甫開展
從其深處
向上旋轉——

◆

對星空哀悼
向滿月細究
一座古典而完滿的夜
在早早的遙遙的春天
雪地上，走過雨水

以及夢的遺緒的形成物

天鵝降落湖邊
且發出不安的高亢的鳴叫
我留意到——黑色的預言
開啟在錯身入門的每一瞬間

銅製鑰匙，聯繫鎖孔的細繩
彩度起伏，當我
更靠近了你一寸
球類迸散，一如星系
旋轉，撞擊，懸弔
二月的枯枝憑念炙陽
以奇特的扭轉腰肢的方式

乃至即將春天……
今日復落雨，街道兩側的水窪
傾斜著身子將自己注入
一種透沁的空無……

◆

雨流入雨
細微而不可見的冰霰
擊打白晝的鼓面
一種錯覺
油然而生

時光的絮語
秒針被指腹讀取
流連於龍舌蘭和威士忌蘇打
幻想費茲傑羅的鋼琴爵士
趿平底皮鞋的小說家
襯衫袖口吻著葡萄的餘漬
字句宛然浮現——

飲酒過量導致隔日頭疼
早晨十點一刻
起床梳洗，更衣，把身體
填入深青條紋春鳥針織衫
恍惚間，雨如針腳細密地編織地表
宛若貓咪圍繞踝邊
以美麗的毛皮磨蹭肌膚

仰首咪嗚，伸手欲抱
而返身躍走

一如隔夜殘遺的夢境
碎璃斷瓦，遍布於
被暖氣烘烤的木質地板
粗線織就的灰色幾何踏毯
靜靜躺著，仰身
向我索求
靴底一撮念頭的殘絮

◆

低垂著眼瞼以剪取
迷離的風景線
地鐵上戴著橘色毛線帽的男人
與翠綠開襟衫的女人
相談甚歡
他們討論咖啡，早晨，超市折價券
像舉行一場慎重的會議
演練喋喋彈舌的異國語

我復轉向右側，視線凝固於
那擁有美好鼻樑的少年
他垂首於手機，耳嵌一對鍍銀米粒
在他左側，捧著舊報紙的中年男性
掛著不合身的毛呢西裝
將自己挾在蝴蝶餅和熱奶茶之間
恍若一隻瘦蝶
被時間挾持——

意欲成為——
時光的現行犯
白晝的叛逃者
我心懷抑鬱，靜靜地走出車廂
通道上人流如川
將我捲入一場未預謀的新計畫——

天臺上的塗鴉
車站內的街頭藝人
櫥窗裏的麵包
靜立於路畔的美術館

我吸取一切，竊據一切
在即將打烊的中國餐館內醉倒
哭喊聲混融啤酒傾流在
不顧他旁的路燈下——

◆

午後，我播放李歐納．柯恩
他壓抑的菸嗓反覆誦唸著
我是你的——
——如果你需要一個愛人
——如果你需要一名夥伴
月光明懸，野獸不眠
悲傷的鴿子長寐於桌底
靜樓的陰影長出羽根
萬物噤聲——

我將信守承諾，返回故鄉，回家
回去我曾賴以繫活的土壤
我將飛行十八個鐘頭
穿越雲層，鳥隻和海洋

穿越昨夜夢中重沓的虎斑蝶群
穿越大氣和真空，穿越語言
和他披戴的粗針毛織圍巾
直到觸及地表的毛孔——

穿越時間，與時間的角質層
穿越感官，顫動的神經琴弦
我極不甘心，但無人願意
挽救我以一襲尼龍線繩點綴的皮質大衣
包裹我，覆蓋我，閱讀我
覆滅五官，感知，片段的片段
將我撚碎，輾平，裁剪
為一件透明而不可視的雨衣
並在雨中疾走
並在雨中疾走

◆

我握緊時鐘的腕臂
焦慮，踱步，喃喃自語
耳後的刺青長出新芽

在瓷灰色的日光下
凝凍為露

盛放為花——
假如我想要，假如並不必要
午餐時囫圇吞嚥米飯和沙拉
小番茄拌生黃瓜
牛肉佐馬鈴薯泥
鄰座皙膚烏髮的女孩切切叮囑：
攝取營養，保持平衡。

我將想她——
想她一如想著伏莽地
顫動著鼻腔在每個房間逡巡
追蹤她神祕的香氣
她餵食我以麵條，以熱湯以稀粥
我回報她以手寫書，以貓以別針
小口啜飲著啤酒
低聲交換關於生活，愛，種種稀疏的看法

我也將想念那銀髮的法裔女子

她贈我以我姓名的手繪圖畫
以及那一卷暗棕色長髮
嗓音低迷的高䠷女人
我曾伏倚她柔和的肩頭
掉著眼淚，訴說搬遷與流離之總總

我將想她們
一如我想念伏莽地
與二月午後斜灑的陽光
冰凍臉頰的風
威士忌，雪，無垠水晶沙漠

III　城鎮上

宛若孤雛
隻身追擊微細的霓虹

我總是記得那人要我
深深望進他眼睛的時候

咖啡店落入自身的招牌

拿鐵，毛衣與菸

愛是幼鷹
多毛而刺

我總是知道，當那人
扳過肩膀踏著小步
分離的舞曲

宛如新生的枝椏
在磚牆的臉上摸索
一抹陽光

隱然浮現
於他人之革履
於他物之平滑

表面，和諧音與變奏曲
如陌生的貓暫且撫觸我
荒蕪而冰涼的心

◆

荒誕之心
永無磨損
永無可能

我復沖上滾熟的咖啡
披戴白毛衣與黑圓裙
彩線鑲邊的針織厚毛帽

我準備戰爭——
與身體為敵
混入咖啡店與羊毛衫的隊伍
吹響進擊的小號

準備食物，飲水，長途旅行
在街與巷的接隼點
草寫新生活的藍圖

背包裏裝著香菸和氣泡酒
黃昏灰的毛呢圍巾

松枝，枯葉，晨霜

以石作糧
以砂代水
徒步攀行於羽青色的山丘

雪是茹毛
渴盼痛飲

取葛斯頓的櫻葉紅
作達利的午夜黑

調合一場盛春色調的舞宴
與其留取紀念
不如索取細節

我復返回我索居的城鎮上
袖珍的巷道擺弄蕭索的燈火
敗壞的雨復落下

在我蒼涼而無所遁形的胸膛

在我鈍緩且無可知覺的肩膀

我轉動脖頸，切磋零件
調換情感的線路
轉動思緒的紐結

雨復落下。城鎮上
拄著傘花的人們紛紛綻放
愛慾如石頭的微末
梗塞卑微的喉嚨

我復織字不輟
日復一日
忘卻悲哀的異國語
埋首編造詞彙的幻術衣

日復一日
樹枝篩落的光線包圍我
擁護我，考驗我，揭露我——

我復成為季節的操偶者

日復一日——

◆

於是我懷想光滑的貓背
柔軟無垢的後頸
髫鬚的搔癢
如鳥雀吱唔

渴望，渴望一份深沉
而無五官的睡眠

在法蘭絨暖毯及
細碎的紙花之間
尋覓墜落的錨定點

屋簷連結屋簷連結窗面連結
光片泛濫的天鵝絨軟簾

眼角的餘白留滯
珊瑚藍的太陽下

◆

城鎮上
兒童與奶油義大利通心麵
協奏午後複沓的雨曲

戀侶滑挪著手機螢幕
共享冰奶茶，濃湯與糖

我在索居的袖珍的城鎮上
在街巷間，思及伏莽地……

雨織就雨，落雨不輟的小城中
我思及伏莽地的陽光燦好
青鳥色的冰雪永恆地封印著
城市的缺口……

穿著雨灰色大衣的男子
撐開烏鴉色的傘
拎著公文皮夾
走開

聯繫，深白色奶泡及
黝黑冰咖啡之間的
聯繫。

我思及一切——
關聯，可能，斷裂
及膝的積雪
山丘上迅疾躍走的鹿群

我見過
那優雅悠緩如一畫光影
半透明的耳尖
棲停於山丘路的半途

隨即逃離——
縱身躍入樹林——

最初與最末的山路盡頭
無能捕捉的片段

彷若負片的光景
顛倒的顏色，對位

錯落的靜止的林影

獨自完成一趟長長的旅行
揹著電腦，換洗襯衫和飲水
飛行二十個鐘頭
返回雨氣滿溢的城鎮上

我返回——恍惚彷若離去
光照粲然的雪地上
枯萎的花樹躺置在
午後三時的山坡旁

漆抹霜粉的房庫
疾駛路面的車輛
我經過，僅僅彷彿經過
通行的號誌明滅如日常的起伏

而我僅僅
一名無臉無姓的過路人——
披著鳶尾紫的外衣
薄荷綠的棉質圍巾

假裝一場春天
在雪裏

雪片沾上我櫻粉色的瀏海
雪地白淨，無瑕有光。
恍如夢境結束後
最黑而固著的片刻的清明

我將結束——
在偶然醒轉的黎明

剪斷意識的繩索
關閉暖氣，開窗
傾斜的雪花撲入房內
融化在賸餘的昨夜的咖啡杯

我將徹底醒來
儘管時光不再
儘管時光不再

（Vermont, 2019）

國家圖書館預行編目資料

無言歌/崔舜華著. -- 初版. -- 臺北市 :
寶瓶文化事業股份有限公司, 2022.03
面 ; 公分. -- (Island ; 315)

ISBN 978-986-406-280-5(平裝)

863.51 111001546

Island 315

無言歌

作者／崔舜華

發行人／張寶琴
社長兼總編輯／朱亞君
副總編輯／張純玲
資深編輯／丁慧瑋
編輯／林婕伃
美術主編／林慧雯
校對／林婕伃・劉素芬・陳佩伶・崔舜華
營銷部主任／林歆婕　業務專員／林裕翔　企劃專員／李祉萱
財務主任／歐素琪
出版者／寶瓶文化事業股份有限公司
地址／台北市110信義區基隆路一段180號8樓
電話／(02) 27494988　傳真／(02) 27495072
郵政劃撥／19446403　寶瓶文化事業股份有限公司
印刷廠／世和印製企業有限公司
總經銷／大和書報圖書股份有限公司　電話／(02) 89902588
地址／新北市五股工業區五工五路2號　傳真／(02) 22997900
E-mail／aquarius@udngroup.com

法律顧問／理律法律事務所陳長文律師、蔣大中律師
如有破損或裝訂錯誤，請寄回本公司更換
著作完成日期／二〇二一年十月
初版一刷日期／二〇二二年三月一日
ISBN／978-986-406-280-5
定價／三八〇元

本書獲國藝會創作補助。

愛書人卡

感謝您熱心的為我們填寫，
對您的意見，我們會認真的加以參考，
希望寶瓶文化推出的每一本書，都能得到您的肯定與永遠的支持。

系列：Island 315　書名：無言歌

1. 姓名：＿＿＿＿＿＿＿＿　性別：□男　□女

2. 生日：＿＿年＿＿月＿＿日

3. 教育程度：□大學以上　□大學　□專科　□高中、高職　□高中職以下

4. 職業：＿＿＿＿＿＿＿＿

5. 聯絡地址：＿＿＿＿＿＿＿＿＿＿＿＿＿＿＿＿

   聯絡電話：＿＿＿＿＿＿＿＿　手機：＿＿＿＿＿＿＿＿

6. E-mail信箱：＿＿＿＿＿＿＿＿＿＿＿＿

   □同意　□不同意　免費獲得寶瓶文化叢書訊息

7. 購買日期：＿＿年＿＿月＿＿日

8. 您得知本書的管道：□報紙／雜誌　□電視／電台　□親友介紹　□逛書店　□網路　□傳單／海報　□廣告　□其他

9. 您在哪裡買到本書：□書店，店名＿＿＿＿＿＿　□劃撥　□現場活動　□贈書　□網路購書，網站名稱：＿＿＿＿＿＿　□其他＿＿＿＿＿＿

10. 對本書的建議：（請填代號　1. 滿意　2. 尚可　3. 再改進，請提供意見）

    內容：＿＿＿＿＿＿＿＿

    封面：＿＿＿＿＿＿＿＿

    編排：＿＿＿＿＿＿＿＿

    其他：＿＿＿＿＿＿＿＿

    綜合意見：＿＿＿＿＿＿＿＿＿＿＿＿＿＿＿＿

11. 希望我們未來出版哪一類的書籍：＿＿＿＿＿＿＿＿＿＿＿＿

讓文字與書寫的聲音大鳴大放

寶瓶文化事業有限公司

廣告回函
北區郵政管理局登記
證北台字15345號
免貼郵票

寶瓶文化事業有限公司　收

110台北市信義區基隆路一段180號8樓

8F,180 KEELUNG RD.,SEC.1,

TAIPEI.(110)TAIWAN R.O.C.

（請沿虛線對折後寄回，謝謝）